비비안나

비비안나

v i v i a n n a

이보리 소설

싱긋

차례

비비안나 · 007

작가의 말 · 145

비비안나

일러두기

• 이 소설은 1801년 신유박해 때 순교한 문영인(비비안나)과 천주교 여성 신자들을 모티브로 삼았으나 이야기의 대부분이 허구로 창작되었음을 알려드립니다.

"죄인 영인은 본래 물러난 궁인으로서
주가 놈에게서 세례를 받았는데
비비아나(非非阿羅)라는 호를 지었습니다."
-『순조실록』3권(순조 1년 5월 22일) -

 해가 지면 달이 세상의 주인이 되었다. 사람들은 달빛이 머무는 곳으로 모여들었다. 모두 달처럼 부푼 표정을 짓고서. 경신년(庚申年, 1800) 시월 열사흘 밤이었다.
 끼익.
 커다란 대문이 묵직하게 열렸다. 깔끔하게 도포를 차려입은 의준이 조심스럽게 들어섰다. 의준은 마른기침을 두어 번 하고는 천천히 주위를 살폈다. 널찍한 마당에 행랑채와 별채까지 딸린 번듯한 기와집이었다. 어림잡아도 서른 칸은 족히 넘어 보였다. 밖에서 가늠했던 것보다 훨씬 더 큰 크기에 의준의 눈이 점점 커졌다. 함께 온 거간꾼에게 닷 냥을 쥐여주며 조용히 돌려보냈다. 그러고는 눈빛을 단정히 했다. 의준은 불빛이 은밀하게 새어나오는 뒷마당으로 향했다.

별채를 개조한 널따란 곳에 사람들이 빙 둘러앉아 있었다. 의준도 묵례를 하고 한쪽에 정좌했다. 곧이어 사람들의 간단한 소개가 이어졌다. 의준은 흑립 사이로 한 사람 한 사람을 눈에 담았다. 복색은 천차만별이었다. 비단옷을 입은 양반에서부터 시커먼 벙거지를 쓴 나졸과 잠방이 차림의 머슴까지. 소개가 끝날 때마다 큰 박수가 쏟아졌다. 이곳에 모인 사람들은 누가 어떤 말을 하더라도 우레 같은 박수를 보냈다. 대단한 동지애가 아닐 수 없었다.

한참 뒤 장지문 가까이에 앉아 있던 한 여인이 입을 열었다. 커다란 흑목 비녀로 머리를 올린 그녀는 옷매무새를 매만지며 또랑또랑하게 말했다.

"청석골에 사는 문영인이라고 합니다. 오 년 전, 지아비를 여의고 홀몸이 되었지만 이곳에서 새 세상을 만나는 낙으로 살고 있습니다. 주 신부님께서 이름도 새로 지어주셨지요. 비비안나. 이제부터 이게 제 이름이지요."

비비안나. 요상한 이름 넉 자를 말하면서도 전혀 부끄러운 기색이 없었다. 역시 보통내기가 아니었다. 의준은 그녀의 손가락에 끼워진 빛바랜 은가락지를 오래도록 쳐다보았다.

모임은 생각보다 길어졌다. 온종일 말을 아껴둔 것처럼 사람들은 내내 소란스러웠다. 의준에게는 이 모든 풍경이 생경했다. 방안에는 작은 화초나 그 흔한 병풍조차 없었다. 벽에는 비단 족자를 대신해 언문이 빼곡하게 적힌 종이가 사방에 붙어 있었다. 사람들은 그것을 보면서 입을 모아 한 자씩 따라 읽었다. 종내에는 눈을 꼭 감고 두 손을 모아 연신 중얼거리기 시작했다.

의준도 그들을 따라 눈을 감았다. 하지만 슬며시 눈을 다시 떴다. 그러고는 곁눈질로 영인을 유심히 살폈다. 한 올도 빠짐없이 단정하게 쪽을 진 머리에 반듯한 눈매, 코도 오똑하고 얼굴도 갸름했다. 밝은 안색 때문인지 선홍빛 입술이 더욱 도드라져 보였다. 새하얀 목을 따라 덧대어진 먹색 무명옷은 차분한 분위기를 더

했다. 화려한 장신구는 없었지만 가슴께에 매달린 은장도가 노리개처럼 반짝였다. 단아하면서도 다부진 자태였다.

그때였다. 영인을 살피던 의준의 시야로 무언가가 들어왔다. 순간 정신이 또렷해졌다. 그것은 바로 투박하게 깎인 십자 모양의 목각이었다. 이곳의 정체를 가장 명료하게 설명해줄 수 있는 물건이기도 했다. 의준은 기도가 끝나자마자 한쪽에 놓인 물사발을 연거푸 들이켰다.

어느새 모임은 마무리가 되어가는 듯했다. 잦아든 목소리에 의준은 눈치껏 주변부를 정리했다. 하지만 사람들은 상기된 얼굴로 다시 저마다의 긴 소회를 나누기 시작했다. 고단한 기색은 하나도 없었다. 의준은 겸연쩍게 이마를 긁적였다. 끝날 듯 끝나지 않는 불편한 밤이 길게 이어졌다.

"저 먼저 들어가보겠습니다."

"비비안나, 혼자 사는 사람이 일찍 들어가서 뭐하려고?"

"염려해주는 이가 없으니 일찍 들어가봐야지요."

영인이 자리를 갈무리하고 일어섰다. 몇몇의 아낙네가 그녀의 손을 맞잡으며 아쉬움을 표했다. 영인도 아쉽다는 듯이 눈을 찡긋거렸다. 그러고는 누군가에게 다가가 깍듯하게 인사를 올렸다.

청나라에서 건너왔다던 주문모 신부였다. 만약 그가 모임이 끝날 때까지 입을 열지 않았다면 의준은 틀림없이 그를 조선인이라 여겼을 것이었다. 조선인과 다를 바 없는 복색에 상투까지 튼 그는 내내 온화한 미소를 짓고 있었다. 그러나 그의 이마에 깊게 패어 있는 흉터들이 그가 넘어왔을 삼엄한 국경의 풍경들을 연상케 했다.

그 옆으로는 역관 출신이라 소개했던 서익환이 그림자처럼 붙어 있었다. 그는 선명한 인상의 소유자였다. 진한 눈썹과 깔끔하게 정돈된 구레나룻은 물론, 둥그런 애체 너머로 안광이 시종일관 예리하게 빛났다. 차분하고 진중한 목소리에서 유능함마저 느껴졌다. 그는 이 대궐 같은 집의 주인답게 여유 있는 미소를 지으며 영인을 배웅했다. 의준도 서둘러 떠날 채비를 했다.

밤은 깊었지만 달빛이 제법 환했다. 영인은 모시 수

건으로 살뜰히 싼 서책을 품에 안고 바지런히 걸었다. 돌담을 따라 걷고 또 걸었다. 어느새 청석골 부근에 이르렀다. 영인의 뒤를 쫓던 의준의 발걸음도 자연스레 느려졌다.

하지만 의준의 예상과는 달리 영인은 골목을 그대로 빠져나갔다. 보폭에 전혀 변함이 없었던 것을 보면 애초에 다른 목적지가 있었던 듯했다. 의준의 눈빛이 다시 날카로워졌다. 한참 후에 그녀는 구리개[1]의 어느 여염집 앞에 멈춰섰다. 어의녀 백인화의 사가였다.

*

세상은 깊은 잠에 빠져 있는 듯 고요했다. 짙은 어둠을 헤집고 여린 불빛 하나가 피어올랐다. 부엌 옆에 딸린 작은방에서였다.

방안은 고즈넉했다. 세간살이라고 할 만한 것은 커다란 약장 하나와 그 옆에 놓인 반닫이가 전부였다. 반

---

[1] 조선시대에 혜민서와 사설 약방이 밀집되어 있던 곳으로, 지금의 서울시 중구 을지로 일대를 가리킨다.

닫이 위에는 『동의보감』, 『언해태산집요』, 『의방유취』, 『종두방서』와 같은 의서들이 가지런히 꽂혀 있었다. 방안에서는 향긋한 분내 대신 버석하게 마른 약재 냄새가 진동했다. 호롱불 사이로 두 사람의 그림자가 마주했다.

"영인아, 끄트머리를 그렇게 접으면 안 돼."

"이렇게 하면 돼?"

"아니, 더 강동하게 접어야지. 이리 줘봐."

작두로 약재를 잘게 썰고 있던 인화가 손을 내밀었다. 영인이 접다 만 약첩을 인화에게 건네자 인화는 능숙하게 약첩의 네 귀퉁이를 접었다.

"자, 다시 풀어서 방금처럼 똑같이 접어봐."

영인은 금세 흥미를 잃었다는 듯이 고개를 내젓고는 말을 돌렸다.

"이 약재 이름이 뭐랬지?"

"동충하초. 겨울까지는 벌레였다가 여름에는 풀로 자라거든."

"어머, 꼭 나 같네?"

"쉿! 이것아, 누가 들을라!"

어느새 인화의 검지가 영인의 입술 앞에 와 있었다. 영인은 인화에게 아이같이 천진한 웃음을 지어 보였다. 인화는 영인의 이런 모습을 볼 수 있는 유일한 피붙이였다. 물론 피붙이라는 말이 무색할 정도로 둘은 모든 면에서 판이했지만.

영인은 딸만 다섯을 둔 중인 집안에서 셋째로 태어났다. 맏이 인화와는 네 살 터울이었다. 한성부 관상감(觀象監)[2]에서 관원으로 일했던 아버지 덕분에 둘은 부유하지는 않았지만 부족함 없이 유년 시절을 보냈다.

매일 하늘을 관측하던 영인의 아버지는 보기 드물게 다정하고 섬세한 사람이었다. 세상 만물에는 우주의 심오한 뜻이 깃들어 있다고 믿었다. 끝내 아들을 얻지 못한 아쉬움은 있었지만 하늘이 점지한 것에 감히 불만을 품지 못했다. 그래서 다섯 딸 모두에게 성심껏 글을 가르쳤고, 틈나는 대로 천문의 이치와 역법도 일러 주었다. 일평생 나랏일을 한다는 자부심으로 살았던 영인의 아버지는 딸 중에 가장 총명했던 영인을 일찌

---

[2] 조선시대에 천문(天文), 지리(地理), 역수(曆數), 측후(測候), 각루(刻漏) 등의 일을 맡아보던 관청이다.

감치 궁녀로 들여보냈다.

그로부터 삼 년이 지났을 때였다. 을사년(乙巳年, 1785) 팔월, 한양에 커다란 꼬리별이 떨어졌다. 그리고 얼마 되지 않아 한양에 역병이 크게 돌았다. 민가에서는 매일같이 사람이 죽어나갔다. 끝도 없는 고열과 원인 모를 발진의 연속. 하루하루가 생지옥이었다. 영인의 가족도 예외는 아니었다. 가족 중에 유일하게 살아남은 이가 인화였다. 어린 동생들부터 차례대로 죽어나갔다. 부모님마저 고열로 앓아눕자 인화는 성저십리(城底十里)의 큰고모 댁으로 보내졌다.

역병이 한바탕 휩쓸고 간 자리로 인화가 돌아왔을 때는 아무것도 남아 있지 않았다. 집이며 마을이며 모든 것이 싹 다 불태워진 뒤였다. 당연히 장례도 치르지 못했다. 온 가족이 함께 살았던 흔적은 어디에도 남아 있지 않았다. 인화의 꿈속에서만 어렴풋이 존재할 뿐. 인화는 뿌옇고 매캐한 그 악몽마저 종종 그리워했다.

애초에 견딜 만한 죽음이란 없었다. 처음에는 자신의 차례가 올까 두려웠고, 나중에는 혼자 살아남았다는 사실에 괴로웠으며, 결국에는 외로워졌다. 세월이 아무리 흘러도 지워지지 않는 까만 그을음으로 남았다.

인화는 자신을 거둬준 고모부의 성을 따라 백인화로 불렸다. 문(文)가의 장녀에서 백(白)가의 삼녀로. 지울 호적도, 바꿀 호패도 없었기에 여러모로 그 편이 나았다. 궐에 들어가 있는 동생에게 별다른 기별도 넣지 못했다. 그곳보다 더 안전한 곳은 없어 보였으므로.

"언니, 내일 다시 입궁하지?"

"응. 혜민서 초학의 훈육이 다 끝났거든."

"언니 덕분에 나는 자유의 몸이 됐는데, 언니는 여전히 그곳이 좋은감?"

"난 의술을 배우는 게 좋아. 녹도 넉넉하고."

인화는 열여덟에 의녀가 되었다. 남들보다 한참 늦게 시작한 공부였다. 온 가족을 잃은 황망함이 그 시작이었다. 죽어가는 이들을 가만히 지켜볼 수밖에 없었던 괴로움이 두번째 이유였다. 인화는 매일 밥 대신 탕약을 지어 올렸고, 바느질 대신 시침을 익혔다. 열악한 활인서에서도 꼬박 여섯 해를 수련했다. 그녀에게 세상 모든 사람은 이미 아프거나 언젠가 아플 사람으로

만 보였다. 이제는 그들을 위해 자신이 무엇이라도 할 수 있다는 것에 감사할 따름이었다. 세상은 여전히 의학을 잡학이라고 부르며 천시했지만 그녀는 누구보다 의술에 진심이었다.

"병자의 맥이 뛰면 내 가슴도 세차게 뛰거든."

"언니도 어디가 아픈 거 아니야?"

"뭐?"

영인이 눈썹을 꿈틀거리며 짓궂게 손을 인화의 가슴께로 더듬더듬 뻗었다. 사뭇 비장한 표정을 짓고 있던 인화가 어이없다는 듯이 영인의 손을 밀쳐냈다. 아쉽다는 듯이 영인이 인화에게 말했다.

"언니도 우리 모임에 나오면 좋으련만."

"글쎄, 난 믿음이 부족해서 말이야……"

"우리 모임에 아픈 사람이 수두룩하거든. 언니가 와서 진찰을 해주면 다들 좋아할 텐데."

"뭐? 요것이 자꾸 나를 이용하려고!"

"언니라면 분명 다 고칠 수 있을 거야."

"이리 대! 네 주둥이부터 고쳐야겠다."

이번에는 인화가 눈을 흘기며 영인의 입술을 잡아당

기려는 시늉을 했다. 영인이 몸을 휙 돌려 피하자 영인의 흑목 비녀가 인화의 눈에 띄었다. 비녀를 빤히 바라보던 인화가 못 말린다는 듯 고개를 내저었다. 인화는 방바닥에 접어둔 약첩을 집어들고는 자리에서 일어났다.

"오늘도 그곳에 다녀온 모양이지?"

인화는 약장 서랍에 적힌 약재의 이름을 꼼꼼하게 확인했다. 그러고는 서랍에 약첩을 차곡차곡 넣기 시작했다. 불편한 마음을 정리하듯 부지런히 손을 움직였다.

"응, 오늘은 새로 들어온 사람들을 환대하는 날이었어."

"사람들이 점점 많아지는 것 같구나."

"언니, 세상이 변하고 있어."

한 치의 망설임도 없는 동생의 목소리에 약첩을 정리하던 인화의 손길이 그대로 멈춰버렸다. 인화는 뒤를 돌아 영인을 물끄러미 바라보았다. 하나뿐인 혈육이자 유일하게 그을리지 않은 유년의 반쪽. 너무 애틋해서 괜히 애가 탔다.

"넌 두렵지도 않아?"

걱정스러운 눈빛이 호기로운 눈망울에게 물었다.

"뭐가?"

"방향을 가늠할 수 없는 이 조선이, 네 비밀이 말이야."

그 순간, 시간마저 숨을 멈춘 듯 긴 정적이 흘렀다. 여린 불빛에 드리워진 두 그림자가 미세하게 흔들렸다. 조용하지만 결코 고요하지 않은 밤이 두 사람 사이를 가로지르고 있었다.

*

선왕이 승하한 지 벌써 석 달이 지났다. 불쾌한 무더위가 기승을 부리던 유월의 끝자락이었다. 급히 입궐하라는 명을 받고 의준이 궐문을 막 들어섰을 때였다. 멀리 창경궁 영춘헌에서부터 통곡하는 소리가 들려왔다. 울음소리는 점점 가까워지고 있었다. 의준은 한 발짝도 나아갈 수 없었다.

'이럴 수가. 말도 안 돼.'

그럴 리 없었다. 임금의 조부이신 영조대왕은 무려 52년을 치세했다. 지난달까지도 억울함을 호소하는 백성들의 격쟁을 친히 들으시던 분이 아니었던가. 믿기 어려웠고 믿을 수가 없었다. 강녕했던 용안이 눈에 아른거렸다. 그러나 사방은 금세 흐느낌으로 가득 채워졌다.

 "상! 위! 복······"

 어느 내관의 처절한 목소리가 용마루 위로 산산이 부서졌다. 주인을 잃은 곤룡포가 하늘에서 어지럽게 흔들렸다. 의준의 다리도 절로 힘이 풀렸다. 창경궁 명정전 앞, 의준의 그림자가 납작하게 드리워졌다. 뜨거운 눈물이 쉴새없이 차올랐지만 이내 차가운 땅바닥으로 무력하게 떨어졌다.

 '지존이, 태양이, 우리 조선이 무너졌도다!'

 선왕의 존재감은 실로 어마어마했다. 약관을 갓 넘긴 나이에 용상에 올라 지엄한 군주의 자리를 지켜냈다. 잘 벼려진 창살처럼 때론 든든한 방패처럼 왕실의 근간을 굳건히 했다. 정계에서 소외되었던 이들을 두루 등용했으며, 새로운 행정 도읍지를 건설하기 위해 수원에 화성도 축조했다. 또한 뒤주에 갇혀 비통하게 돌아가신 아버지를 추존했으며, 왕실의 친위부대도 신설했다. 조선 역사에 길이길이 남을 개혁군주이자 절대군주였다.

사헌부 감찰(監察)[3] 최의준. 자네는 만백성의 떳떳한 양심일세. 부정과 부패에 타협하지 말고 부디 이 땅에 정의와 도리를 세우라.

의준은 의복 안주머니에 넣어둔 선왕의 어찰을 어루만졌다. 지난 단오에 단오선(端午扇)[4]과 함께 하사한 어찰이었다. 이것이 임금의 마지막 유언이 되리라곤 꿈에도 생각하지 못했다. 영영 동이 트지 않을 것 같은 야속한 밤이 오고야 말았다.

며칠 뒤 의준은 내의원을 찾았다. 그간의 모든 내의

---

3) 조선시대 사헌부에 속한 정육품 벼슬로 관리들의 비위(非違) 감시, 회계감사, 의전 감독 등의 일들을 맡아서 했다.
4) 조선시대에 단오절을 맞이해 임금이 가까운 신하들에게 하사했던 부채를 말한다.

원의 진찰일지를 면밀히 훑어보았다. 어의가 제조해 올렸던 탕약의 성분은 어떤 것이었는지, 절차를 무시하고 시침을 하지는 않았는지, 수상한 자와 내통한 흔적은 없는지 낱낱이 살펴보았다.

'서용보에서 이병정, 이병정에서 김재찬.'

지난 보름 동안 어의가 갑작스레 두 번이나 교체되었다.

'김재찬, 이자는……'

의준은 어의 김재찬의 얼굴에서 불현듯 대왕대비의 얼굴을 떠올렸다. 영조대왕의 계비이자 선왕의 부친을 뒤주 안에서 비참하게 죽게 만든 장본인. 그래서 결국 선왕에게 숙청당하고 만 노론 김귀주의 누이이기도 했다. 어의 김재찬도 같은 가문의 사람이 아니었던가. 의준은 이들과 함께 침전에 들었던 어의녀의 이름을 확인했다. 그길로 곧장 감찰상궁을 찾아갔다.

백인화, 임진생으로 방년 스물아홉이었다. 중인 출신인 그녀는 삼 년 전에 내의원 의녀로 발탁되었다. 감찰상궁은 그녀가 출중한 침술은 물론이거니와 궐 안에서 병자를 극진히 돌보는 것으로 칭송이 자자하다고 했다. 이른 나이에 어의녀로 제수되었지만 누구보다 두터운 신임을 받고 있다는 말도 덧붙였다. 감찰상궁은 오히려 의준을 의아하게 바라보았다.

'내의원에 들어온 지 삼 년도 안 된 의녀가 어의녀가 될 수 있다고?'

본래 중인 집안에서 어린 여식을 궁녀로 많이 들여보냈다. 그러나 의녀는 달랐다. 그들은 손에 피와 고름을 묻히는 자들이었다. 그들 대부분이 비천한 출신인 이유이기도 했다. 두터운 신임을 받는다는 것은 의심을 쉽게 지워버릴 수 있다는 말이 아니던가. 의준은 어의녀 백인화의 진찰 기록을 모조리 가져와 훑기 시작했다. 한참을 살피던 의준의 눈에 수상쩍은 흔적이 들어왔다. 수라간 외소주방 궁녀 문영인에 관한 기록이었다.

'간질로 인한 출궁?'

애초에 젊은 궁녀가 병환으로 출궁하는 것 자체가 흔치 않은 일이었다. 더욱이 간질이라는 병은 출궁한 궁녀들이 모여 사는 궁말에서도 퇴출당하는 중차대한 병이 아니던가. 하지만 그런 그녀를 진찰했던 사람은 오직 어의녀 백인화뿐이었다. 진찰 기록마다 나란히 붙어 있는 두 사람의 이름. 무언가 석연치 않은 출궁이었다. 뒷배가 있지 않고서야 일개 궁인의 몸으로 도모할 수 있는 일이 아니기도 했다. 의준은 곧바로 영인의 이름을 시찰 필첩에 옮겨 적었다.

석 달이 넘게 계속되었던 의준의 추적은 그녀가 참석한다는 어느 모임에 가서야 다시 한번 방향이 틀어졌다. 의준의 노고에 보답이라도 하듯 그녀는 평범한 삶을 살고 있지 않았다.

명도회(明道會). 분명 달밤의 정취가 묻어나는 이름이었다. 그러나 그들이 캄캄한 한밤중에만 모이는 데에는 그럴 만한 사정이 있었다. 도성 안에 서학을 좇는 이들이 많다는 것은 의준도 익히 알고 있었다. 생소한 학문과 사상이 물밀듯이 들어오던 시기였다. 하지만 자신이 제 발로 한양 천주쟁이 소굴로 들어갈 줄은 꿈에도 몰랐다.

사립문 밖에서 한참을 기다렸지만 영인은 끝내 나오지 않았다. 의준은 그만 돌아가야만 했다. 곧 통행금지를 알리는 인정소리가 들릴 터였다. 그래도 수확이 있기는 했다. 올해 초에 출궁한 젊은 궁녀가 스스로 지아비를 여읜 과부라 거짓 고백하는 광경을 두 눈으로 똑똑히 보았으니 말이다. 그녀는 불경스러운 모임에 가담하고 있는 것도 모자라 가련한 과부 행세까지 하고 있었다. 의준은 골똘한 표정으로 골목을 빠르게 빠져나갔다.

*

 새벽녘이 되자 이름 모를 별들이 하늘에 총총했다. 그중 하나가 유독 반짝였다. 사람들은 그것을 샛별이라고 불렀다. 저 멀리 종루에서 인시(오전 3시에서 5시까지)를 알리는 파루소리가 들려왔다. 새벽녘의 종소리는 어느 때보다 맑고 깊었다.

 궐에서의 습관이 아직 남아 있어서일까, 영인은 종소리가 미처 끝나기도 전에 눈을 떴다. 찌뿌둥한 느낌에 시원하게 기지개를 켰다. 머리맡에 놓아둔 자리끼로 목을 축이고 밖으로 나갔다. 툇마루에 걸터앉아 숨을 크게 들이마시니 차가운 새벽공기가 한껏 밀려들어 왔다. 밤이슬에 푹 젖은 풀냄새가 희미하게 났다. 코끝은 시렸지만 간질간질한 느낌이 좋았다. 영인의 눈이 가늘게 호선을 그렸다.

영인은 새벽녘에 탁 트인 하늘을 바라보는 것을 좋아했다. 궐 안에서는 하늘이 이렇게 넓은지 미처 몰랐다. 하늘에도 담벼락이 둘러 있는 기분이었다고나 할까. 별을 보고 있노라면 어렸을 적 아버지가 종종 들려주셨던 별에 얽힌 이야기들이 떠오르기도 했다. 영인은 손가락을 들어 별을 국자 모양이나 사발 모양으로 이어보곤 했다. 광활한 어둠을 지키는 작은 불빛들이 그저 대견스러웠다.

영인은 방으로 들어가 호롱에 불을 붙였다. 그러자 방안에 온기가 더해졌다. 영인은 면경 앞에 다소곳이 앉았다. 참빗에 동백기름을 살뜰히 묻혀 머리카락을 가지런히 올렸다. 영인은 면경 속 자신을 가만히 들여다보았다. 누가 보아도 어엿한 과부의 자태였다. 영인은 살며시 미소를 지었다. 그렇게 영인이 궐 밖에서 맞이하는 삼백스물두번째 날이 밝아오고 있었다.

칠흑 같던 밤하늘도 결국에는 옅어졌다. 밤과 새벽의 경계에서 낙산의 윤곽이 서서히 드러나기 시작했다. 먹으로 그린 그림처럼 아름다웠다. 마당을 쓸던 영인이 사립문 너머를 내려다보았다. 부드러운 능선을 따라 도성 안이 한눈에 들어왔다. 굴뚝마다 연기가 스멀스멀 피어올랐다. 구불구불한 골목을 따라 불빛들이 하나둘씩 켜졌다. 새벽녘에 보았던 별들이 그대로 땅에 내려앉고 있었다.

마당을 쓸고 나면 아침 산보를 하기 위해 집을 나섰다. 언덕을 따라 마음 가는 대로 걸었다. 골목으로 아침햇살이 갈래갈래 쏟아졌다. 햇살이 닿는 곳마다 백성들의 치열한 삶이 시작되고 있었다. 영인은 궐 밖으로 나와서야 비로소 조선(朝鮮)이라는 국호의 의미를 온전히 알게 되었다.

배오개의 저잣거리에 늘어선 가게들도 하나둘 문을 열기 시작했다. 산보를 마친 영인이 저잣거리로 들어섰다. 영인은 제일 먼저 주전부리를 파는 곳부터 들렀다. 마닐마닐한 떡을 입에 넣고 저잣거리를 거닐면 시간이 금방 지나갔다. 한산했던 거리가 어느새 사람들로 바글바글해졌다.

"저리 안 꺼져? 거렁뱅이한테는 국밥 안 팔아!"

"이 여편네가 밥맛 떨어지게 아침부터 욕지거리야?"

어디선가 옥신각신하는 소리가 들려왔다. 잔뜩 성이 난 목소리에 영인은 재빨리 그곳으로 향했다. 이미 구경꾼들이 잔뜩 몰려 있었다. 그들 사이로 영인도 얼굴을 빼꼼 들이밀었다.

"하늘 같은 서방님이 마수걸이해주려고 여기까지 왔더니만! 우라질!"

"내가 일평생 모은 돈! 노름으로 싹 다 말아먹고는! 무슨 염치로 여길 와?"

"또, 또 그 이야기! 염병."

"퉤퉤! 재수 옴붙기 전에 당장 꺼져!"

저잣거리에는 늘 시원시원한 일갈이 오갔다. 체통과 체면 따위는 안중에도 없었다. 걸쭉한 목소리에서 사람의 냄새가 났다. 홧김에 내뱉는 말들이야말로 진짜가 아닐까? 영인은 그들의 말투를 흉내내보려는 듯 입을 작게 달싹거렸다. 목소리가 커질수록 영인의 입꼬리가 슬며시 올라갔다.

영인은 일곱 살에 궐에 들어갔다. 궐 안은 언제나 조

용했고 쥐새끼마저 눈치를 보는 곳이었다. 그곳에서 영인은 들어도 못 들은 척, 보고도 못 본 척하며 살았다. 머리는 언제나 바닥을 향해 조아려야 했고, 늘 입 안으로 많은 말들을 삼켜야만 했다.

하지만 이곳은 완전히 달랐다. 매일같이 전국 팔도에서 몰려온 사람들로 사대문 안이 왁자했다. 사람이 구름떼처럼 모인다는 운종가까지 가지 않더라도 사람 구경은 원 없이 할 수 있었다. 무엇이든 팔려는 장사치와 얼마라도 깎아보려는 이들의 실랑이와 구석에서 이야기를 파는 전기수의 목소리, 판을 깔고 노래하는 소리꾼의 구성진 곡조까지. 모든 소리는 영인의 귓가가 아닌 가슴으로 흘러 들어왔다. 도처에 영인이 한 번도 내뱉지 못했던 말들과 느껴보지 못했던 감정들이 널려 있었다. 여전히 배워나가야 할 것들이 많다는 것, 그것만큼 영인의 가슴을 두근거리게 하는 것은 없었다. 영인의 마음은 나날이 부풀어갔다.

저잣거리를 실컷 구경하던 영인이 배오개 구석에 있는 어느 가게 앞에 멈춰섰다. 은한당(銀漢堂)이라는 자그마한 방물가게였다. 영인은 품안에서 작은 열쇠 하나를 꺼냈다. 이곳은 명도회의 익환이 운영하는 방물가게 중 하나였다. 영인은 이곳에서 일했다. 누군가에게 의탁할 수 없는 몸이란, 구태여 누군가에게 의탁할 필요가 없다는 말이 아니겠는가. 그저 자신 한 사람만 건사하면 되었으니 큰돈도 필요치 않았다. 영인은 씩씩하게 팔을 걷어붙이고 은한당의 문을 활짝 열어젖혔다. 그렇게 느지막이 배오개의 은한당도 문을 열었다.

은한당은 뭔가 특별했다. 먼저 은(銀)으로 만든 물건들만을 취급하는 방물가게라는 것이었다. 은비녀, 은가락지, 은수저, 은장도, 은침 등등. 고가의 물건들만 팔았지만 나름 인기가 좋았다. 주로 양갓집 규수들과 포도청의 다모가 손님이었다. 이곳에서 인기가 가장 많은 물건은 단연코 은장도였다. 은한당의 은장도는 문양이 정교하고 세련된 것으로 유명했다. 하지만 눈 높고 콧대 높은 한양 아녀자들의 마음을 사로잡은 데에는 무언가 더 특별한 것이 있었다.

"은한당 아씨, 저는 '전정구'라고 새길래요."

"전정구, 말입니까?"

은한당에서는 손님이 원하는 글자를 은장도에 각인

해주었다.

"혹시 그분이 아가씨의 정인인가요?"

"네! 맞아요."

"실은 어제도, 엊그제도 그 이름을 자신의 정인이라며 새겨달라고 하시는 분들이 계셨거든요. 혹여라도……"

"어머머, 은한당 아씨는 조선 팔도에서 제일 유명한 남사당패 꼭두쇠, 전정구를 모른단 말이오?"

어리둥절한 영인의 얼굴을 보며 좌포청 다모가 박장대소를 했다.

그즈음 한양의 젊은 아녀자들 사이에서 정인의 이름을 몸에 지니고 다니는 것이 크게 유행하고 있었다. 덕분에 은한당의 은장도는 불티나게 팔려나갔다. 영인은 도성 밖 무수막[5]을 부지런히 오가며 세상에 하나뿐인 은장도를 팔았다. 그리고 그 안에 다음과 같은 쪽지를 남기는 것도 잊지 않았다.

---

5) 조선시대에 선철을 녹여 무쇠솥이나 농기구 등을 주조했던 마을로, 지금의 서울시 성동구 금호동 일대를 가리킨다.

자신을 해하는 용도로 사용하지 마십시오. 당신은
존귀합니다.

은한당의 은장도는 조선의 많은 여인네를 다시 살게
했다.

*

번잡한 배오개 저잣거리를 빠져나와 귀퉁이를 돌면
야트막한 언덕 위에 세책방(貰冊房) 하나가 있었다. 외
관은 꽤나 허름했지만 날마다 새로운 세책들이 채워지
는 곳으로 유명했다. 또 햇볕을 막기 위해 창문마다 휘
장이 드리워져 있었는데, 크게 난 창문 덕분에 답답하
지는 않았다. 그리고 구석마다 탁자가 놓여 있어서 독
서하기에 제격이었고, 누군가를 지켜보기에도 적격인
곳이었다. 무엇보다 이곳에서는 영인이 일하는 은한당
이 한눈에 들어왔다. 의준에게 이보다 더 안성맞춤인
곳은 없었다. 이곳을 드나드는 대부분이 아녀자들이라
는 점만 뺀다면.

여느 때처럼 의준은 아녀자들 사이에서 어색하게 서책 한 권을 꺼내들고 창가로 향했다. 세책방 영감은 기다렸다는 듯이 의준에게 다가와 말을 걸었다.

"나리, 안목이 아주 탁월하십니다. 아녀자들에게 인기가 으뜸이지요."

의준의 시선은 여전히 창밖 어딘가에 고정되어 있었다.

"그런 것 같더군. 표정만 봐도 알겠네. 다들 뭐에 홀린 것마냥……"

"그야 유일한 해방구 아니겠습니까. 길쌈과 집안일을 내팽개칠 만하죠."

"해방구?"

의준이 세책방 영감을 바라보며 고개를 갸웃했다. 세책방 영감은 의준의 손에 들린 『박씨부인전』을 가리켰다.

"그 이야기처럼요. 일종의 복수심 아닐는지요. 그나저나 나리같이 젊으신 분도 언문으로 쓴 패설에 관심이 많으실 줄은 몰랐습니다. 이렇게 하루가 멀다 하고 찾아와주시니 저야 좋지만."

"궁금해서 말일세. 도대체, 왜, 도무지……"

의준은 말끝을 흐렸다. 그런데 정말로 그랬다. 처음에는 어떠한 확신이 있었다. 본디 관리의 부정부패를 감시하는 것이 의준의 일이었다. 무언가를 숨기는 자에게는 분명 구린내가 났다. 구린내가 나는 곳에는 벌레가 꼬이기 마련이었다. 금방 꼬리를 잡을 수 있으리라 생각했다. 하지만 의준은 자신이 틀렸다는 것을 깨닫기까지 그리 오랜 시간이 걸리지 않았다.

은한당을 드나드는 이들은 낯빛부터 달랐다. 멀리서 보아도 화색이 돌았다. 한양에 여인네들이 이렇게 많이 살았나 싶을 정도로 그곳에는 많은 아녀자들이 오갔다. 하지만 행동이 수상하거나 신원이 불분명해 보이는 사람은 한 명도 없었다. 그녀는 매일 여인들에게 정성껏 물건을 팔았고 틈틈이 글을 읽었으며, 성심껏 기도를 올릴 뿐이었다.

'허나, 불순한 의도가 없다면야 애써 과부라는 오명을 안고 살아갈 이유가 없지 않은가.'

의준은 다시 고개를 가로저었다. 손에 쥔 『박씨부인전』을 그러쥐었다. 이대로 물러설 순 없었다. 의준은 거칠게 맨 마지막 장을 펼쳤다. 기필코 이 이야기의 끝을 봐야겠다는 듯이. 그러나 얼마 못 가 그의 고개는 다시 창밖으로 향했다.

이튿날이었다. 이른 아침부터 하늘은 잿빛이었다. 사헌부 집무실에 앉아 있던 의준이 창밖을 내다보았다. 육조(六曹) 거리에 풍성했던 나무들의 모습은 이제 온데간데없었다. 앙상한 나뭇가지에 이파리만 몇 개 붙어 있을 뿐이었다. 스산한 계절이 왔다. 의준은 자리에서 일어나 걸어두었던 의복을 꺼내 입었다. 입궐할 시간이었다. 그의 앞에는 전국 각지에서 올라온 상소문이 가득했다.

궐 안은 몹시 분주했다. 의준은 소란한 움직임을 가만히 눈으로 좇았다. 무언가 공기부터 달랐다. 의준의 옆으로 감찰상궁이 다가와 나지막이 말했다.

"나리, 조만간 가례도감이 세워진다고 합니다."

"그게 무슨 말인가? 가례도감이라니?"

해괴망측한 소리였다. 아직 선왕의 삼년상을 다 치르지도 않았다. 가당치도 않은 일이었다. 세간의 관심을 돌릴 만한 무언가가 필요한 것이 아니라면야. 의준은 서둘러 발길을 돌렸다. 잔뜩 마뜩잖은 얼굴로 예조판서를 찾아갔다.

"대감, 국혼이라니요? 상중이 아닙니까?"

"대왕대비전의 엄명일세."

엄명? 언제부터 지존이 아닌 다른 입에서 나온 말이 엄명이 되었나. 의준은 혀끝이 묘하게 썼다.

선왕이 승하하자마자 열한 살 세자가 용상에 올랐다. 조선 건국 이래 가장 어린 임금이었다. 얼마 지나지 않아 어린 임금의 뒤에 대왕대비가 발을 치고 들어앉았다. 수렴청정의 시작이었다. 나라의 모든 사안이 그녀의 입에서 결정되었다.

"대감, 엄연히 국법이 존재하지 않습니까. 왕실부터 국법을 지키지 않는데 어찌 백성을 국법으로 다스린단 말입니까?"

의준은 흥분한 목소리로 예조판서에게 따져 물었다. 그러나 예조판서는 애초에 질문이 틀렸다는 듯이 고개를 가로저었다.

"이제 국법은 대왕대비마마의 입에서 완성이 된다네."

의준은 헛헛한 눈빛으로 돌아서야만 했다. 그런 의준에게 예조판서가 말했다.

"자네, 부디 몸조심하게나."

궁궐은 가례도감 설치로 금세 분주해졌다. 다음 날에도, 그다음 날에도 의준은 상소를 들고 입궐했지만 알현의 기회는 주어지지 않았다. 상선 영감은 곤란하다는 표정으로 의준이 올린 상소를 거두어갔다. 하지만 의준이 올린 상소들은 단 한 번도 펼쳐지지 않았다.

번번이 허탈하게 퇴궐하는 의준에게 대왕대비전의 박 상궁이 다가왔다. 박 상궁의 뒤를 따르는 나인들의 수가 나날이 늘어나고 있었다. 의준은 못마땅한 표정으로 그녀를 바라보았다. 박 상궁이 엄중한 목소리로 말했다.

"아뢰옵기 황송하오나 이번 중궁전의 간택이 끝날 때까지 그 어떤 상소도 올리지 말라는 대왕대비마마의 명이시옵니다."

"뭐라? 얼토당토않네. 내 금혼령은 들어봤어도 상소를 금하라는 명은 처음 듣네!"

사헌부 감찰에게 상소를 금하다니 어불성설이었다.

왕실에서 중전이나 세자빈을 간택하는 동안 조선에서의 모든 혼인은 금지되었다. 반가에서는 빠짐없이 모두 혼인 적령기에 접어든 여식의 처녀단자(處女單子)[6]를 궐로 보내야 했다. 궐 안팎이 어수선할 터였다. 가문의 혁혁한 공로와 미사여구로 포장된 여식의 방정한 품행 같은 것들을 손바닥만한 처녀단자에 욱여넣어야 했으므로. 집안에 지아비를 따라 순절한 여인이라도 있어 열녀문이라도 하사받은 가문들은 큰 점수를 얻었다. 허나 이는 철저히 내명부의 소관이었다. 부패한 관리를 벌하고 민생을 돌보는 것은 별개의 일이었다. 번거로운 요식 때문에 들끓는 민심을 외면할 수는 없었다.

"하, 처녀단자가 무어라고."

두 해 전, 의준의 누이동생도 처녀단자를 올린 적이 있었다. 의준은 가슴이 답답해졌다.

"나리, 이만 물러가겠습니다."

대왕대비전의 박 상궁은 의준의 눈치를 살피는 척하

---

[6] 조선시대 왕실에서 간택령이 내려졌을 때 후보 처녀의 정보를 기록한 문서로 이름, 나이, 가문, 사주 등을 기재해 예조에 제출했다.

더니 빠르게 등을 돌렸다. 그들은 한몸처럼 일사불란하게 움직였다. 마치 무슨 작당이라도 하는 것처럼. 멀어져가는 그들을 바라보며 의준은 씁쓸하게 웃었다. 그리고 그들 중 한 명을 누군가로 덧대어보았다. 까만 흑목 비녀가 아닌 빨간 새앙머리 댕기를 한 여인을. 수라간 궁녀였으며, 자신을 비비안나라 칭하고 과부 행세까지 하는 의뭉스러운 여인. 그녀는 이곳에서 어떤 얼굴을 하고 있었을까.

다음 명도회 모임은 사흘 뒤에 있었다.

*

깜깜한 하늘에서 새하얀 함박눈이 펑펑 쏟아졌다. 궂은 날씨에도 불구하고 많은 사람이 명도회 모임에 참석했다. 이곳에서는 사농공상과 남녀유별 같은 말은 무의미했다. 서학이 조선의 미풍양속을 해친다고 제아무리 떠들어대도 눈덩이처럼 불어나는 사람들을 부정할 수는 없으리라. 때마침 온 세상도 같은 색으로 덮이고 있었다.

"오늘 연이가 안 왔네요?"

영인이 자리에 앉으며 행랑어멈에게 물었다.

"에이구, 소식 못 들었어? 정선마님이랑 연이는 당분간 못 나올 거래."

"어째서요?"

"금혼령이 내려진다는 소문 못 들었어? 필경 연이도 처녀단자를 올려야 하는데 난처해서 그렇지 뭐. 대대손손 명문가면 뭐해. 지금은 땡전 한 푼 없이 덕만 있잖아."

영인이 놀란 표정을 짓자 행랑어멈은 계속 말을 이었다.

"간택을 준비하는 데 한두 푼이 드는 게 아니야. 비단옷도 새로 맞춰야지, 꽃가마도 사줘야지, 뭐 가마꾼은 공짠가? 일단 피하는 게 상책이고말고."

"애당초 내정된 세도가의 여식이 있을 텐데요."

영인의 표정이 점점 진지해졌다.

"짜고 치는 판이라도 구색은 맞춰야 하니까. 또 모르잖아. 재수없게 삼간택까지 올라가면 아주 사달이 나는 거지. 세도가가 아니니 끈 떨어진 뒤웅박 신세일 테고 애먼 혼삿길까지 망치니 별수 있나? 간택이 끝날 때까지 깊은 산중에 숨어 있지 않고는 못 배기지."

영인을 피붙이처럼 따르는 연이었다. 그녀는 또래답지 않게 의젓하고 총명했다. 하나를 가르쳐주면 열을 깨치고 스무 가지를 행하는 아이였다. 영인은 모임이 채 끝나기도 전에 서둘러 자리를 빠져나왔다.

대문을 열자 온 세상이 새하얬다. 길 위에 오고간 발자국이 하나도 없었다. 눈발은 여전히 분분했지만 영인은 차분하게 발을 내디뎠다. 아득하기만 한 어둠 속에 전에 없던 길 하나가 새로 생겼다.

정선마님 댁은 그리 멀지 않았다.

"마님, 비비안나입니다."

"아니, 자네가 이 밤중에 어인 일인가?"

"긴히 드릴 말씀이 있어서 찾아왔습니다."

"추운데 어서 안으로 들게나."

정선마님은 놀란 눈으로 영인을 맞이했다. 연이도 함께였다. 안방에 들어가니 윗목에는 작은 보퉁이가 놓여 있었다. 영인이 조심스레 입을 뗐다.

"마님, 내일 연이와 제천으로 내려가신다고 들었습

니다."

"그렇게 되었네. 당숙네 먼 친척이 거처를 마련해주신다고 해서."

"마님, 저는 연이가 처녀단자를 올리지 않아도 되는 방도를 알고 있습니다."

"뭐라? 그게 대체 어떤 방도인가?"

순간 정선마님의 눈동자에 기대감이 서렸다. 영인은 뜸들이지 않고 답했다.

"금혼령이 내려지기 전에 연이의 머리를 올리면 됩니다."

"머리를 올리다니? 그게 무슨 말인가? 아니, 당장 어디에서 연이의 배필을 구한단 말인가?"

"사내는 필요 없습니다."

단호한 영인의 목소리에 정선마님은 몹시 당황한 듯 몸이 기우뚱했다. 허깨비 같은 말이었다. 영인은 곧장 손을 들어 뒷머리로 가져갔다. 그러고는 자신의 비녀를 빼내어 정선마님 앞에 내려놓았다. 그녀의 가지런했던 머리카락이 어깨너머로 왈칵 쏟아졌다. 영인은 침착하게 말했다.

"조선의 여인은 평생토록 아비를 따르고, 지아비를 따르고, 아들을 따르며 살라고 하지요. 허나 이 비녀 하나로 제 삶은 완전히 달라졌습니다. 세상의 시선과 억압으로부터 완벽하게 벗어날 수 있었지요. 과부라는 이름은 오히려 저에게 자유를 가져다주었습니다."

"자네, 지금 대체 무슨 말을 하는 겐가?"

정선마님은 넋이 빠진 표정으로 영인과 자신의 앞에 놓인 흑목 비녀를 번갈아 쳐다보았다.

"마님, 연이도 저와 같이 스스로 머리를 올리면 됩니다."

"스스로 머리를 올리다니?"

정선마님은 믿기지 않는다는 듯이 재차 물었다. 그러고는 영인이 대답하기도 전에 말을 이었다.

"지금 우리 연이더러 과부 행세를 하란 말인가?"

"예, 마님."

"위장 과부라니?"

정선마님은 말을 하다 말고 입을 틀어막았다. 방안에는 긴 침묵이 흘렀다. 그 침묵을 깬 사람은 다름 아닌 연이었다.

"어머니, 저도 머리를 혼자 올리고 싶어요."

한 식경 전쯤 영인은 연이부터 찾아갔었다. 자신이 위장 과부라고 고백하는 영인을 보며 연이의 눈이 어느 때보다도 휘둥그레졌다. 그러나 그것은 경악이 아닌 경탄의 눈빛이었다. 연이는 영인의 두 손을 덥석 잡았다. 연이의 눈동자에도 회오리가 일었다.

"어머니, 이 땅에 가족이라곤 어머니와 저 둘뿐인데, 어찌 제가 어머니를 두고 혼인을 할 수 있겠어요. 저는 어머니의 하나뿐인 딸 연이로 평생 살고 싶어요."

정선마님은 고개를 세차게 내저었다.

"안 된다. 연이야, 우리가 아무리 한미한 집안이라고는 하나……"

연이가 또박또박 말을 이어나갔다.

"어머니, 여인들의 삶을 생각해보세요. 모든 게 불허된 삶이잖아요. 저는 남의 집에서 평생 눈치보면서 살고 싶지 않아요."

"아니 된다. 이건 다른 이야기이다."

"어느 누구도 스스로 여인으로 태어나기를 택하지 않았는데 어째서 가혹한 숙명을 받아들여야만 하나요? 천주님께서도 왕후장상의 씨가 따로 없다고 하셨잖아요. 우리 여인들 또한 다르지 않아요."

"아이고, 연이야. 우리집이 어쩌다가……"

정선마님은 울음 섞인 한숨을 토해냈다. 그러고는 말없이 고개를 떨구었다. 명도회 밖에서는 미망인으로 손가락질을 받는 정선마님이었다. 영인은 정선마님의 손을 맞잡았다.

"마님, 저희는 다른 길을 갈 거예요. 세상은 점점 바뀔 겁니다."

정선마님은 고개를 들어 나지막이 되물었다.

"비비안나, 그런 세상이 오긴 올까?"

영인은 단단한 눈빛으로 고개를 끄덕였다.

*

내달 초하루부터 금혼령이 내려진다는 소문이 파다했다. 예상대로 도성 안팎이 떠들썩했다. 명도회도 예외는 아니었다. 금혼령으로 혼사가 두 번이나 엎어진 병판 대감 딸의 박복한 팔자라든지, 한양에서 제일 잘 나간다는 중매쟁이 김두오가 매년 벌어들이는 돈이 얼마인지, 만석꾼 이호재의 과년한 여식이 장만해 간 혼수가 얼마나 으리으리했는지. 사람들의 입에서 재미난 이야기가 호박 넝쿨처럼 줄기차게 이어졌다.

의준은 자연스레 영인이 앉은 쪽으로 고개를 돌렸다. 그녀 역시 옆자리 어멈과 한참 동안 이야기를 나누는 듯싶었다. 최대한 귀를 기울여보려고 했지만 자유분방한 목소리 사이로 그녀의 나긋나긋한 목소리를 담아내는 것은 불가능했다.

그때 한 사내가 의준에게 불쑥 말을 걸어왔다. 우락부락한 덩치에 어울리지 않게 앙증맞은 목화솜을 패랭이에 얹은 자였다. 난전(亂廛)에서 당혜를 만들어 판다던 갖바치였다.

"나리, 솔직하게 말해보랑께요. 다들 표가 안 난다고 하지마는."

"표?"

"지 눈에는 다 보인당께요."

"그, 그게 무슨 말인가?"

대뜸 솔직하게 말해보라는 말에 의준은 적잖이 당황

했다. 혹여 어설프게 신도로 위장한 것이 티가 났을까 싶어 입술이 바짝 말랐다. 그는 험상궂은 얼굴로 의준의 눈앞에 손가락을 거칠게 뻗었다.

"딱! 걸려부렀당께요."

"누가?"

의준은 침을 꼴깍 삼켰다. 갓바치는 눈을 가느다랗게 뜨며 의준을 향해 말했다.

"솔찬히 모난 데가 많이 보이는디. 주문모 신부님이 잘 맹글었다고 쩌기에 딱! 걸어놨당께요. 저짝에. 허허."

그의 투박한 손가락을 따라 의준이 고개를 돌렸다. 장지문 위에 걸려 있는 십자 모양의 목각이었다. 갓바치는 자신이 열흘 동안 공들여 깎은 것이라고 했다. 딱 걸렸다는 말에 의준의 숨이 턱 걸린 줄도 모른 채 그는 사람 좋은 웃음을 지어 보였다. 자신이 만든 물건에 하자가 있다고 고백하는 사람치고는 지나치게 호방한 웃음이었다. 이곳에서 미심쩍은 눈빛은 오로지 하나뿐이었다.

의준은 멋쩍게 웃고는 영인이 앉아 있던 곳으로 다

시 시선을 돌렸다. 그러나 그녀는 이미 자취를 감춰버린 뒤였다. 이대로 빈손으로 돌아갈 수는 없었다. 의준은 고개를 돌려 다시 갓바치를 바라보았다. 아까부터 묻지도 않은 이야기를 주저리주저리 쏟아내던 그였다. 어쩌면 유의미한 정보를 얻을 수 있을지도 모른다는 심산이 자연스럽게 따라왔다. 말이 많은 이는 늘 무언가를 흘리기 마련이니.

"이보게, 물어볼 게 하나 있네."

의준은 조심스레 영인의 이름을 꺼냈다. 이번에는 갓바치가 군침을 꼴깍 삼키더니 의준에게 바투 다가왔다. 상체를 잔뜩 기울이며 주변을 의식하는 듯 목소리까지 낮추었다. 지금까지 보여준 적 없는 사뭇 진지한 표정이었다.

"긍께. 비비안나는 본래에."

"본래에."

"남산골 허(虛)가의 처였으나."

"허가의 처?"

"변고를 당했다고 하더만요."

"어떤 변고를?"

"아따, 그 집 양반이 허구한 날 글만 읽어가지고 비비안나가 밖에 나가서 장사라도 하라고 한께는 그길로 집을 박차고 나갔다가 험한 꼴을 당해부렀다고……"

"허허."

어림 반 푼어치도 없는 소리였다. 그녀가 지어낸, 아니 연암이 지어낸 허구의, 허무맹랑하고 허망한 이야기가 쭉 이어졌다. 의준은 허탈하게 웃고 말았다. 역시나 그녀는 만만한 상대가 아니었다.

"비비안나, 혹시 대나무숲에 간 거 아니여라?"

그때 의준의 귓가에 더욱 솔깃한 이야기가 스쳐지나갔다.

"대나무숲이라니?"

의준이 반색하며 다시 갓바치를 바라보았다. 그는 입이 근질근질한지 입술을 달싹거렸다. 천기를 누설하는 것마냥 조심스럽게 입을 열었다.

"여기 뒤안에 가면 큰 감나무가 하나 있는디 그 뒤로 작은 쪽문이 있어라. 그짝으로 나가서 오솔길을 따라 조금만 올라가믄 대나무숲이 나온당께요. 거기로 말할 것 같으믄, 사람들이 근심을 풀어 가는 곳이여라. 여기서는 고것을 고해성사라 한당께요."

"고해성사?"

"우리 마음속에 있는 시커멓고 무거운 죄를 잠시 내려놓으러 간다는 말이여라. 한번 갔다 오믄 맘이 을매나 후련한지 몰라라. 툇마루에 놓인 작은 등롱이 없으믄 누가 고해성사하러 갔다는 말인께 쪼깐 기다려보쇼잉."

의준이 고개를 돌려 장지문을 바라보았다. 장지문 너머로 암암하게 어떤 속삭임이 들려오는 것만 같았다. 의준의 입가에 은근한 미소가 번졌다.

*

세상은 며칠째 꽁꽁 얼어붙어 있었다. 살갗을 에는 추위에 배오개 저잣거리도 모처럼 한산했다. 영인은 자연스럽게 책궤에서 서책을 꺼내왔다. 한양 규수들의 사랑방답게 은한당의 책궤에도 『소학』, 『효경』, 『내훈』 같은 규중 필독서가 가득했다. 영인은 『내훈』을 꺼내와 자리에 다소곳이 앉았다.

'어디까지 읽었더라?'

『내훈』을 펼치니 훌륭한 말씀이 반듯반듯한 한문으로 가득 쓰여 있었다. 영인은 옅은 미소를 지으며 한꺼번에 수십 장을 후루룩 넘겼다. 난데없이 언문이 나타났다. 청나라에서 인기가 최고라던 『서유기』였다. 『서유기』에는 훌륭하고도 재미까지 더해진 말씀이 가득가득했다. 영인은 청나라에서 들여온 문학, 역사서, 지리서 등을 가리지 않고 읽었다. 하나같이 나라에서 금한 서책들이었지만 겉에 다른 표지를 붙이면 그만이었다. 사람들은 언제나 외양에만 관심이 많았으므로.

그때였다.

"쳇, 값비싼 물건만 취급하는 걸 보니 가게 주인의 허영이 이만저만이 아니네."

낯선 목소리에 서책을 읽고 있던 영인이 고개를 들었다. 한 사내가 은한당 문설주에 기대어 영인을 노려보고 있었다. 행색은 번듯했지만 어딘가 비틀린 말투였다.

"배오개에 돈독이 오른 새파란 과부년이 있다고 해서 구경하러 왔는데."

저잣거리에서 장사하다보면 더러 어깃장을 놓는 이들이 있었다. 장사치의 삶이란 본디 그런 법이었다. 흥정은 기본이고 비아냥은 덤이었다. 하지만 어물쩍 넘어가서는 안 되었다. 영인은 더이상 굽신거리기만 하던 궁녀가 아니었다. 서책을 천천히 덮으며 영인이 사내에게 물었다.

"어르신, 은이 왜 비싼 줄 아십니까?"

"그야 여기서 비싸게 파니까 비싼 거겠지?"

사내는 눈을 부릅뜨며 한껏 비아냥거렸다.

"은은 독을 판별하는 유일한 쇠붙이이지요. 해로운 것에 닿으면 바로 검어집니다."

"내가 그런 것도 모를까봐? 감히 과부년 주제에 나를 가르치려고 들어?"

"잘 아신다면 부디 닿지 않게 주의해주세요."

영인이 또박또박 말했다. 미소로 화답하는 것도 잊지 않았다.

"뭐? 저, 저년이? 뭣이 어쩌고 어째?"

순간 사내의 얼굴이 구겨지더니 멱살이라도 잡을 기세로 영인에게 달려들었다. 잔뜩 흥분한 그의 손이 거칠게 영인에게 뻗쳤다.

짤랑짤랑.

은한당 입구에 매달아놓은 풍경이 세차게 흔들렸다. 오고 가는 바람이 만들어낸 소리가 아니었다. 사내와 영인이 동시에 고개를 돌렸다. 풍경 아래에 푸른색 비단 도포를 입은 젊은 선비가 서 있었다. 이번에는 그 선비가 영인과 사내를 번갈아 쳐다보았다. 그는 태연하게 헛기침을 하더니 점잖은 목소리로 운을 뗐다.

"아니, 자네는 운종가에서 방물가게를 하는 김 서방 아닌가? 어인 일로 누추한 배오개까지 행차하셨나? 여기서 물건이라도 떼갈 셈인가?"

젊은 선비의 등장에 사내는 몹시 당황스러워했다. 영인을 향해 뻗었던 손이 허공에서 허둥지둥 내려왔다. 사내는 젊은 선비를 위아래로 훑어보고는 이렇다 할 한마디 대꾸도 없이 은한당을 부리나케 빠져나갔다. 놀란 영인이 옷매무새를 정리하고 젊은 선비에게 꾸벅 인사를 했다. 명도회에서 본 적이 있는 낯익은 나리였다.

곧바로 나갈 줄 알았던 그는 은한당 안으로 들어와

천천히 둘러보기 시작했다. 찾는 물건이라도 있는 것처럼 물건을 하나하나 꼼꼼히 살폈다. 대부분이 아녀자의 세간살이라 그의 손길이 더없이 어색했지만. 한참을 서성이던 그가 면경 속 영인과 눈이 딱 마주쳤다. 이쯤이면 영인이 나설 차례였다.

"나리, 따로 찾으시는 물건이 있으십니까?"

"이곳에서는 낭도(囊刀)에 글자도 새겨준다고 하던데?"

"네. 혹여 마음에 드는 낭도가 있으신지요?"

의준이 영인에게 가까이 다가왔다. 영인 앞에 놓인 은장도 중 하나를 무심하게 가리켰다.

"그래, 이걸로 하겠네. 근데 여기는 얼마나 됐소?"

"예?"

고개를 저으며 의준이 다시 말했다.

"아, 아니. 얼마나 걸리는지 물었소."

"열흘 정도 걸립니다."

"얼만가?"

"두 냥입니다."

영인은 책궤에서 작은 필첩을 꺼냈다. 차분하게 붓

을 들고는 의준에게 물었다.
"나리, 낭도에 새기실 글자를 알려주십시오."
영인이 빤히 올려다보자 의준은 관자놀이께를 지그시 누르더니 대답했다.
"흠, 삼인성호. 그래, 삼인성호로 하겠네. 세 사람이 모이면 거짓으로 호랑이도 만들 수 있다지. 『한비자』에 나오는 말이라오. 내 이를 가까이에 두고 스스로 경계하려 하오."
영인은 고개를 끄덕이며 천천히 필첩에 한 자씩 받아 적었다. 그러고는 글자를 확인시켜줄 요량으로 의준에게 필첩을 내밀었다.

三人成虎

의준이 가까이 다가와 영인의 필첩을 위아래로 훑었다. 단정한 얼굴에서 느껴지는 그의 깐깐함에 영인도 덩달아 긴장했다. 그가 낮은 목소리로 대답했다.
"맞소. 글씨도 제법 잘 쓰는군."
"예?"

의준은 아리송한 말을 내뱉고는 영인에게 두 냥을 건넸다. 그러고는 뭔가 할말이라도 있는 것처럼 영인을 빤히 쳐다보았다. 영인이 고개를 갸웃하자 의준은 고개를 저으며 그길로 은한당을 나섰다.

 영인은 창밖을 한참 내다보았다. 그에게서 유독 좋은 향이 났다. 그윽한 묵향과 청량한 죽향이 어우러진. 배오개에 어울리지 않는 그의 비단 도포가 바람에 휘날리며 멀어지고 있었다.

*

 의준은 배오개 저잣거리를 빠르게 빠져나왔다. 뒤도 한번 돌아보지 않고 무작정 걸었다. 어느새 광통교 부근이었다. 광통교를 지나 은행나무 아래에서 잠시 숨을 골랐다. 무슨 정신으로 이곳까지 걸어왔는지 의준도 알지 못했다. 매서운 된바람에 양볼이 빨개졌다. 멀리서 정오를 알리는 북소리가 둥둥둥 들려왔다. 의준의 머리도 둥둥둥 울렸.

 '삼인성호라니. 허허, 한비자는 또 뭐람.'

누가 들어도 어색하고 옹색한 말이었다. 경계를 세우기 위함도 아니었고, 경고를 하러 간 것은 더더욱 아니었다. 생각지도 못했던 말이 불쑥 튀어나왔다. 아무렇게나 튀어나온 말치고는 지나치게 비장했고, 쓸데없이 훈계조였다. 영인에게 얼뜨기처럼 보였을까 하는 마음에 얼굴이 화끈거렸다. 무엇보다도 의준의 안주머니에는 오래전부터 쓰던 낭도가 한 자루 있었다.

'그나저나 그자는 왜 거기에 있었을까?'

아침부터 수상한 자가 은한당 앞을 기웃거리고 있었다. 미심쩍은 움직임에 가까이 갔던 것이 되레 화근이 되었다. 그자는 낯익은 운종가의 사람이었다. 강경 상인들의 뒤를 봐주는 무뢰배로 돈이 되는 일에는 득달같이 달려드는 것으로 유명한 자였다. 고약한 성질머리 때문에 눈이라도 한번 잘못 마주쳤다가는 시비가 트이는 일이 허다했다. 그렇다고 하더라도 영인이 맞붙지 않았다면 굳이 자신이 나서지 않아도 될 일이었다. 자신이 계속 지켜보았기에 망정이지 큰일이 날 수도 있었다. 의준은 영인의 당돌한 눈빛이 영 적응이 되지 않았다.

'나 원 참. 본래 겁이 없는 건지, 과부인 척하느라 겁도 없는 척하는 건지. 아직 궐 밖에서 세상의 쓴맛을 못 보았나보군.'

명랑해서 더 맹랑한 영인의 얼굴이 다시금 떠올랐다. 의준은 애써 고개를 가로저었다. 부정하고 싶지만 어쩔 수 없는 사실이었다. 그녀의 형형한 눈빛은 주위까지 밝게 만들었다. 은한당과 명도회에서 본 그녀의 얼굴에는 한 치의 거짓도 없어 보였다. 그리고 그것이 의준을 견딜 수 없게 만들었다. 의준은 괜히 돌부리를 발로 찼다.

밤이 되자 의준은 변복을 하고 익환의 집으로 향했다. 정확히 말하자면 그의 목적지는 별채와 이어진 대나무숲이었다. 갓바치의 말대로 쪽문을 나가면 대나무숲이 있었다. 그 대나무숲을 헤치면 단칸짜리 작은 누각이 나왔다. 어둠 속에서 의준의 눈이 더 까맣게 빛났다. 그렇게 의준은 매일 밤 어둠 속으로 기꺼이 스며들었다.

한겨울의 대나무숲. 그곳은 철저하게 세상과 분리된 곳이었다. 그래서 오히려 좋았다. 새어나오는 입김 때문에 검은 복면까지 둘러야 했지만. 대나무숲에 들어서면 머리가 맑아지고 마음도 평온해졌다. 세한고절(歲寒孤節) 사이로 밤하늘을 감상하는 것도 나쁘지 않았다. 의준은 이곳에서 자주 누군가를 기다렸다. 온몸의 감각을 열어둔 채로. 그리고 심심치 않게 대나무숲으로 누군가가 찾아왔다.

"어찌합니까, 어떻게 할까요? 감히 제가……"

그들은 흉중에 품고 있는 깊숙한 감정들을 이곳에서 토해냈다. 간절한 기도도 있었고, 처절한 외침도 있었다.

"용서해주세요. 벌하신다면 저 받을게요. 허나……"

신분을 초월한, 그러나 세상의 비난에 전혀 굴하지 않을 대단한 연모지정을 토로하는 이가 있는가 하면,

"어디에 있나요? 제 얘기 정말 들리시나요?"

원망을 쏟아내는 이도 있었다. 확실한 것은 어디에서도 들을 수 없는 이야기라는 것. 대나무숲에서 절절한 고백이 쏟아질 때마다 의준은 생각해보았다. 희노애락애오욕욕. 간절히 바라는 것을 가질 수 없는 원통함에 대해서. 그리고 조선에서 불허된 것들에 대해

서. 나아가 세상의 수많은 금기에 대해서. 모두가 하나같이 의준이 당연하게 받아들였던 것들이었다. 의준은 나날이 복잡미묘한 표정으로 집에 돌아갔다.

처음에는 하루빨리 영인이 대나무숲에 나타나기를 바랐다. 그녀가 무슨 이야기를 꺼낼지, 어떤 거짓부터 고할지 궁금했다. 혹여나 선왕의 죽음에 대한 진실을 엿들을 수 있지 않을까 하는 기대도 있었다. 하지만 이제는 아니었다. 그녀의 비밀을 알고 싶으면서도 동시에 알고 싶지 않았다. 그녀가 털어놓을 이야기가 그저 자신이 감당할 수 있는 이야기를 간절히 바라고 있었다. 의준은 인정해야만 했다. 그녀에게 자신이 필요 이상으로 마음을 쓰고 있다는 것을. 의준은 평소보다 일찍 자리에서 일어났다. 더이상 이곳에 있을 필요가 없었다.

그때였다. 작은 불빛 하나가 누각 쪽으로 다가오고 있었다. 반딧불이라도 몰고 오는 것처럼 조심스러운 발걸음이었다. 등롱 위로 어떤 여인의 새하얀 숨결이 연기처럼 피어올랐다. 여인은 차분하게 누각에 올라 등롱을 매달았다. 찬바람이 일순간 훈풍으로 바뀐 듯이 등롱이 살랑댔다. 어둠으로 형체가 흐릿했지만 의준은 확신할 수 있었다. 영인이었다.

*

 검은 대나무숲이 바람에 휘청거렸다. 영인이 대나무숲을 헤치고 들어가니 한 폭의 그림 같은 풍경이 나타났다. 작은 누각은 안온한 둥지 같았다. 영인은 누각에 등롱을 매달고 잠시 주위를 살폈다. 기암절벽 아래 병풍처럼 둘린 근사한 대나무숲과 둥근 달도 함께였다.
 진작 와볼걸 그랬다. 영인은 두 손에 입김을 불어넣고는 가만히 귀를 감쌌다. 그러고는 손가락을 하나씩 펼쳤다. 울창한 녹음에 지저귀는 꾀꼬리는 없었지만 겨울바람이 만들어내는 휘파람이 영인의 귓가에 모아졌다가 흩어졌다. 영인은 이곳에 온 목적을 잊어버리기라도 한 것처럼 환하게 웃었다.
 영인은 누각 한가운데에 무릎을 꿇고 가만히 앉았다. 창호지로 만든 등롱에는 바늘로 구멍을 낸 십자 문양이 그려져 있었다. 불빛은 그 사이로 조심스럽게 새어나왔다. 영인은 품안에서 작은 서찰 하나를 꺼냈다. 서찰을 쥔 손이 금세 빨개졌다. 영인은 서찰을 바닥에 살포시 내려놓았다. 그 위로 가만히 두 손을 포갰다. 서찰에 온기라도 있는 것처럼. 그러고는 눈을 꼭 감았다.

참으로 별난 하루였다. 아녀자들이 드나드는 은한당에 낯선 남정네들이 찾아왔다. 얼떨결에 상황은 일단락되었지만 거기서 끝이 아니었다. 그들이 떠난 지 얼마 되지 않아 이번에는 한 사내아이가 은한당의 문을 열고 들어왔다. 궐에서 왔다는 사내아이의 말에 영인은 그대로 가슴이 내려앉았다.

"내의원 어의녀가 보내셨습니다."

다행히 인화가 보낸 서찰이었다. 영인은 서둘러 서찰을 뜯어보았다.

섣달 보름, 생전에 아버지께서 말씀해주셨던 걸 네가 기억할진 모르겠지만 오늘은 네가 태어난 날이란다. 이왕이면 오늘 궐 밖에 나가서 직접 알려주려고 했는데 사정이 여의치 않아 이렇게 서찰로 대신한다.

영인아, 궐 밖에서 매일매일 새로 태어나는 것 같겠지만 나는 아직도 물가에 내놓은 아이처럼 네가 아른거린단다. 아마 궐 밖이 어떤 곳인지 너무 잘 알아서 그런 거겠지.

그래서 매일 밤마다 정화수를 떠놓고 빌곤 해. 너를 둘러싼 울타리를 네가 답답해하기보다는 안전하게 느끼기를, 네가 밤보다는 낮에 활보하는 여인이 되기를, 아직 닦이지 않은 길이 아니라 누군가 닦아놓은 길만 네가 걷기를 말이야.

저녁에 구리개 사가에 들러 작은방 약장 맨 아래에 넣어둔 구기자와 당귀를 함께 넣어 달여 마시렴. 세상을 헤아리는 것도 좋지만 네 건강부터 챙기려무나.

그리고 혹여나 문제가 될까 싶어 말인데, 이 서찰은 읽고 나면 바로 태워버리렴. 문인화

영인은 서찰 맨 끝에 적혀 있는 인화의 이름 석 자를 매만졌다. 손끝이 아렸고, 코끝은 찡했다. 인화가 자신이 태어난 날까지 기억하고 있을 줄은 몰랐다. 그런 것은 높으신 분들만 기록되고, 기억되는 것이라고 생각

했다. 궐에서도 누군가의 탄신일마다 성대한 음식을 대접하기 바빴다. 영인은 차오르는 눈물을 애써 훔쳤다. 인화가 보낸 서찰에 영인의 눈물자국이 아련하게 번졌다.

사방이 어둑해지자 영인은 은한당을 서둘러 나왔다. 인화의 서찰을 가슴에 품고서. 그러나 그녀는 구리개가 아닌 익환의 집으로 향했다. 오늘만큼은 용기를 내고 싶었다.

삼 년 전, 내의원 의녀의 의복을 입은 인화가 수라간으로 영인을 찾아왔다. 그 모습은 꼭 선녀 같았다. 인화의 고운 얼굴이 그러했고, 전혀 실감이 나지 않아서 그러했다.

언젠가 영인은 상궁마마님으로부터 온 가족이 떼죽음을 당했다는 이야기를 전해들었다. 거짓말 같았다. 차라리 거짓말이었으면 했다. 영인이 모르는 어딘가에 가족들이 악착같이 살아가고 있으리라. 평생 그들을 다시 못 본다고 해도 그 편이 나았다. 그래서 인화가 자신의 눈앞에 나타났을 때 오래된 불신이 빚어낸 환영 같았다. 미친듯이 기뻤다. 그러나 동시에 영인은 거짓말 같았던 가족의 비극을 사실로 받아들여야만 했다. 참으로 가혹한 진실이었다.

"하아."

영인은 눈을 뜨고 숨을 몰아쉬었다. 그러고는 천천히 손끝을 이마에 가져다대었다. 이마에서 가슴까지 종으로 긋고, 어깨에서 어깨를 횡으로 그었다. 영인의 입술이 무겁게 움직였다.

"천주님, 저에게는 언니가 하나 있습니다. 자신에게는 누구보다 엄격하면서 저에게는 한없이 관대한, 자신이 걸어온 길은 진흙탕이었으면서 제가 걸어갈 길은 꽃길이길 바라는 여인이지요. 그녀는 저에게 닿기 위해 역병에서 살아남았고, 성을 바꿨으며, 아픈 이들의 피와 고름으로 칠갑하면서 외로운 시간을 오롯이 견뎠지요. 하지만 저는 그런 그녀의 마음을 모른 척했고 그녀의 기대를 저버렸으며, 그녀의 곁을 떠나고 말았습니다."

영인은 일찌감치 알고 있었다. 자신은 인화의 바람대로 살 수 없을 것이라는 걸. 순리대로, 분수대로 살아가라는 그녀의 간곡한 당부로부터 어김없이 도망칠 것이라는 걸. 다시 그때로 돌아간다고 하더라도 자신의 선택에 변함이 없을 것이라는 걸 누구보다 잘 아는 영인이었다. 그래서 영인은 인화로 인해 짊어지게 된 마음의 무게 또한 사랑하기로 했다.

영인은 하염없이 흐르는 눈물을 닦아내었다. 등롱의 불빛이 제멋대로 번졌다. 그럼에도 영인은 또박또박 말했다.

"지난날까지는 하루하루를 살아냈다면 남은 날들은 하루하루를 살아가고 싶습니다."

눈물에 흠뻑 젖은 영인의 속눈썹이 반짝거렸다. 영인은 인화가 선물해준 새로운 생을 영인답게 찬미하고 싶었다. 영인은 자리에서 일어나 매달아두었던 등롱을 조심스레 내렸다. 그러고는 인화의 서찰을 등롱불에 태웠다. 자신이 꿈꾸는 세상을 자신보다 언니 인화가 먼저 누리길 기도하면서.

*

어둠이 눈부셨다. 듣고자 했던 진실은 아니었지만

그녀의 진심을 느낄 수 있었다. 의준은 대나무숲에서 걸어나와 누각으로 향했다. 차마 영인이 머물렀던 곳에는 오르지 못했지만 한동안 그곳을 떠나지 못했다.

무어라 설명하기 어려운 감정이었다. 분명한 것은 매사 정확하고 명료한 자신이 그녀를 알고부터 이렇게나 모호한 사람이 되어버렸다는 것이었다. 하늘을 올려다보니 만월이 의준을 환하게 비추고 있었다. 그러나 그 충만함이 되레 마음을 헛헛하게 만들었다. 누군가의 진심은 함부로 알아서는 안 되는 것이었을까.

집으로 돌아온 의준은 뒤뜰로 향했다. 실은 의준에게도 대나무숲에 털어놓고 싶은 이야기가 있었다. 의준은 텅 빈 뒤뜰에 서서 불이 꺼진 별당을 물끄러미 바라보았다. 그곳에는 의준의 하나뿐인 누이동생, 의영이 있었다.

의영은 위로 오라버니만 셋을 두었다. 맏이 의준과는 여덟 살 차이가 났다. 의준은 종종 도봉산 망월사에서 수학하던 때를 떠올리곤 했다. 과거시험을 준비하던 의준을 위해 어린 의영이 두어 달에 한 번씩 어머니의 손을 꼭 부여잡고 찾아왔었다. 험한 산세를 종종걸음으로 곧잘 따라왔다. 그 걸음걸이가 꼭 귀여운 새끼 오리를 연상케 했다. 나이에 맞지 않게 의젓했던 의준이 아이처럼 웃는 순간에는 늘 누이동생 의영이 있었다.

"오라버니는 왜 모르는 게 없어?"

"모르는 게 왜 없어? 있고말고."

"무엇을?"

"양친을 웃게 해드리는 법, 장성한 아우들과 우애 있게 지내는 법, 뒤뚱거리며 우습게 걷는 법. 다 네게 한 수 배워야 할걸?"

"지금 나 놀리는 거지? 어머니한테 이를 거야! 흐엉."

의영이 입술을 삐죽이면 이상하게도 세상이 환해졌다. 담장을 휘감고 올라간 능소화처럼 의준의 바짓가랑이에 매달려 우는 누이동생 덕분에 목석같았던 의준이 말랑하게 웃곤 했다.

그런 의영도 열두 살이 되자 제법 처녀티가 났다. 살구색 쓰개치마를 맞췄다며 한걸음에 달려와 의준에게 한껏 자랑하기도 했다. 뽀얀 의영의 얼굴이 뒷마당에 둥둥 떠다녔다. 의준이 성큼성큼 다가가 동생의 동그란 얼굴 위에 손을 얹으며 불퉁하게 말했다.

"쓰개치마로 가려야 할 건 이 못난 동그라미 같은데, 대체 무얼 가린 거니?"

뒤뜰에는 어김없이 의영의 울음소리가 울려퍼졌다.

그해 가을, 세자빈 간택을 위한 금혼령이 내려졌다. 의영의 처녀단자도 궐로 보내졌다. 얼마 지나지 않아 누이동생 의영이 삼간택에 들어 입궁해야 한다는 소식을 들었을 때 의준은 떨떠름한 표정을 지었다. 가문의 영광이 눈앞에 있었는데도 전혀 달갑지 않았다. 누이동생은 궐에 어울리는 아이가 아니었다.

"오라버니는 내가 세자빈이 되면 어떨 것 같아?"

의영이 머리 위에 소반을 얹고 마당을 까치발로 걸으며 물었다.

"어차피 안 될 텐데 그런 상상은 해서 뭐하니?"

의준이 무심하게 대답하자 의영의 얼굴이 금세 시무룩해졌다. 의영을 훈육하던 유모가 타일렀다.

"애기씨, 집중해서 걸으셔야죠. 처음부터 다시 해볼게요. 팔을 좀더 높이 들고요. 어깨도 반듯하게 펴세요. 입가에는 정숙한 미소를."

의준이 기어이 한마디를 더 보탰다.

"의영아, 그 걸음걸이로는 궁궐은커녕 우리집 대문도 못 나간다."

"칫, 궐에서 만나기만 해봐라!"

의영은 잔뜩 신이 나 있었다. 큰오라버니의 심중을 헤아리지도 못한 채 매일 의준의 꽁무니만 쫓아다녔다. 세자 저하는 어떤 분인지, 대비마마는 어떤 분인지, 궁궐의 모든 것을 알아볼 기세로 의준에게 질문을 퍼부었다. 당연했다. 의영에게 큰오라버니 의준은 모르는 것이 없는 사람이었으므로. 그러나 때때로 너무 많이 아는 것은 독이 되었다.

의준은 명실상부한 집안의 수재였다. 그는 걸출한 문장으로 열여섯 살에 대과에 급제했다. 지독한 독서광이었던 임금이 그런 의준을 못 알아볼 리 없었다. 그는 임금이 툭 하고 묻는 말에도 척 하니 흡족한 답변을 내놓았다. 임금이 의준에게 거는 기대감은 날로 높아졌다.

을묘년(乙卯年, 1795)은 임금에게 여러모로 의미 있는 해였다. 아버지 사도세자의 묘를 수원 현륭원으로 이장하고 이를 기념하기 위해 어머니의 회갑연을 수원 행궁에서 치르기로 했다. 무려 8일간의 원행이었다. 원행에 동원된 궁인과 외부인의 수가 사천 명이 훌쩍 넘었으니 가히 엄청난 규모였다. 그리고 그 회갑연의 축사를 의준이 쓰게 되었다. 그가 규장각 초계문신으로 뽑힌 지 얼마 되지 않았을 때였다.

"해와 달이 한자리에 모였으나, 서로를 삼키지 않네. 삼라만상을 비추는 자애로운 빛이여……"

임금은 의준이 쓴 문장 한 줄 한 줄에 탄복했다. 사무치는 효심을 절절히 어루만져주는 충심에 감회가 극에 달했다. 임금의 입에서 의준의 이름은 더욱 자주 불렸다. 그때마다 중신들의 얼굴은 묘하게 일그러졌다. 편전에 둘린 일월오봉도(日月五峯圖)만 보아도 그날의 건방진 목소리가 귓가에 맴돌았다. 해와 달은 절대 함께 뜰 수 없다며 콧방귀를 꼈다. 그들은 무언의 눈짓을 주고받았다.

고금을 막론하고 임금의 사랑은 언제나 큰 화를 불렀다. 그러나 그 불똥은 의준이 아닌 누이동생 의영에게로 튀었다.

"대감, 그게 무슨 말씀이십니까?"

"애초에 세자빈을 뽑을 생각이 없었다 하더군."

세자빈 최종 간택이 무기한 연기되었다는 교지를 받았다. 명분은 납작했다. 세자 저하의 나이가 너무 어리다는 것. 그러나 진짜 이유는 다른 데에 있었다.

"삼간택에 오른 여식들은 모두 남인 집안이 아니던가. 대비전 사람들이 손을 쓴 게지."

"대비전이라니요? 이게 무슨 농간이랍니까?"

"어쩐지 너무 급작스럽더라니. 보란 듯이 갚아준 게지. 그들이 주무를 수 있는 것으로."

온몸에 분노가 일었다. 그날 의준은 난생처음 이성으로 누를 수 없는 감정이 있다는 것을 알게 되었다. 쓰디쓴 술로 화를 삭여보려고 했지만 어림도 없었다. 단 한 번도 흐트러진 적이 없던 의준이 만취해 몸을 가누지 못했다.

대전에 수렴청정의 발이 내려진 것처럼 누이동생 의영의 별당에도 발이 쳐졌다. 울화증이라 했던가. 그날 이후로 의영은 숨만 붙은 산송장처럼 지냈다. 뒤뜰을 가득 채웠던 누이동생의 낭랑했던 목소리는 어둠에 영영 먹혀버렸다.

 그후 의준은 집에 돌아오면 의영이 있는 별당부터 들렀다. 한창 오갔던 의준의 혼담도 모두 물렸다. 불효와 불충을 논해도 어쩔 수 없었다. 누이동생에 대한 죄책감이자 자신에게 주는 벌이었으므로. 의준은 이 괴로움이 평생 가시지 않길 바랐다. 자신이 만들어낸 부덕의 소치였으므로 기꺼이 괴로워하기로 했다.

*

 경신년(庚申年, 1800)의 마지막날인 섣달그믐이었다. 한동안 기승을 부리던 동장군이 물러났는지 날씨가 한결 누그러졌다. 명도회는 어느 때보다 북적였다. 인화가 명도회에 방문했기 때문이다. 인화는 능숙하게 팔을 걷어붙이고 사람들을 순서대로 진맥했다. 영인은 그 옆에 앉아 종이에 처방을 받아 적었다. 뒷마당의 줄은 점점 더 길게 늘어났다.

 "언니, 쑥이 이렇게 효능이 많은지 몰랐어. 정말 만능이네."

"너에겐 쑥이 식재겠지만 나에겐 약재란다."

"쑥이 얼마나 맛있는데? 약재보다는 식재지! 봄에 쑥버무리 해서 먹으면 얼마나 맛있다구."

영인이 부러 새침한 표정을 지었다. 인화는 어이없다는 듯이 웃었다. 두 사람의 대화가 도란도란 이어지고 있을 때였다.

툭.

둔탁한 소리와 함께 날카로운 비명이 들렸다. 뒷마당에 길게 줄을 섰던 사람들이 둥그렇게 모여들었다. 누군가 쓰러진 모양이었다. 영인이 버선발로 뛰어내려가 그들 사이를 비집고 들어갔다. 한성부 관노인 천덕이 쓰러져 있었다.

"어머, 천덕아!"

영인이 천덕의 어깨를 세차게 흔들었다. 온몸이 돌덩이처럼 차가웠다. 입술은 푸르죽죽했고 눈에 초점도 없었다. 놀란 영인이 사람들에게 부탁해 천덕을 마루로 옮겼다. 이번에는 인화가 나섰다. 도통 맥이 잡히지 않는지 인화의 손길이 다급해졌다.

"나리, 혹시 옷도 벗겨주실 수 있을까요?"

천덕을 부축했던 누군가를 향해 영인이 말했다. 은한당에 찾아온 적이 있는 그 젊은 선비였다. 그는 잠시 망설이는가 싶더니 이내 자세를 낮추었다. 그러고는 천덕의 옷고름을 서둘러 풀어헤쳤다. 그러자 그곳에 있던 모든 얼굴이 일제히 일그러졌다.

"아니, 이게 대체……"

차마 눈을 둘 곳이 없었다. 온통 두들겨맞은 자국뿐이었다. 여기저기 피딱지가 엉겨붙어 있었다. 퍼렇고 누렇고 시커먼 어혈이 가득했다. 분명 하루아침에 생긴 흔적이 아니었다. 영인이 재빨리 의준에게 물을 적신 면포를 건넸다. 맨 앞에 나와 있던 의준이 얼떨결에 면포를 받아 천덕의 몸을 구석구석 닦아냈다. 맥을 짚던 인화가 자세를 고쳐잡고는 침착하게 시침하기 시작했다.

"흐윽."

얼마나 지났을까. 천덕의 가슴팍이 일정하게 움직이기 시작했다. 겨우 눈을 뜬 천덕에게 인화가 염려스러운 눈빛으로 물었다.

"자네, 대체 무슨 연유로 몸이 이 지경이 되었는

가?"

천덕이 천천히 입을 뗐다.

"지는유, 맞는 게 일이여유. 매품팔이라고."

"매품팔이라니?"

천덕은 숨을 몰아쉬며 어렵사리 말을 이었다.

"지체 높으신 양반이 죄를 지으면 지가 가서 대신 맞는구면유."

"죄를 짓지 않은 사람이 어찌하여 벌을 받는단 말인가?"

화난 영인의 목소리에 쇳소리가 가득한 목소리로 천덕이 대답했다.

"좌포청, 우포청 할 것 없이 돈을 얹어주면 딴 놈이 대신 맞아도 다 눈감아주는구면유."

"아무리 그래도 그렇지. 이리도 몸이 성치 않은 사람에게 매질을 한단 말인가!"

영인은 자신도 모르게 언성을 높였다. 금세 눈시울이 붉어진 영인이 고개를 돌려 인화를 물끄러미 쳐다보았다. 사람이 아닌 세상이 병들면 어떤 처방을 내려야 하나. 의술로 사람은 고쳐도 세상은 고칠 수 없는 것일까. 인화는 영인에게 말없이 다가와 영인의 등을 쓸어내렸다. 그러고는 천덕을 향해 말했다.

"내가 오늘 탕약을 달여놓고 갈 테니 당분간 무리하게 움직이지 말게. 기력부터 보충하게나."

"아이고, 지가 뭐라구유. 황송하구먼유."

누워 있던 천덕이 힘겹게 몸을 일으켜세웠다.

"지는 여기서 죽어도 여한이 없어유."

천덕은 두 사람을 향해 큰절을 올렸다. 차가운 마룻바닥에 이마를 박더니 한참을 그대로 엎드려 서럽게 울었다. 모두가 숙연해졌다.

사가로 돌아오자마자 인화는 탕약부터 달이기 시작했다. 해가 뜨기 전에 궐로 돌아가야 했으므로 손길이 어느 때보다 분주했다. 부엌에서 진한 탕약 냄새가 진동했다. 영인은 화로 옆에 걸터앉아 바쁜 인화를 가만히 지켜보았다.

한참 뒤에 영인은 무언가를 결심한 듯 입을 열었다.

"사람들에게 음식을 만들어줘야겠어."

"음식? 무슨 음식?"

바삐 손을 움직이던 인화가 멈춰서서 영인을 우두커

니 바라보았다. 영인은 다시 말을 이었다.

"나도 사람들에게 보탬이 되고 싶어."

"아서라, 무슨 수로 그 많은 사람을 해먹이니?"

"이래 봬도 내가 수라간 나인이었다고. 부뚜막에서 보낸 세월이 얼만데."

"넌 거기서 제수 음식만 만들었잖아. 신부님께 제사상 지어 올릴라."

"제사상에 올렸던 산적부터 만들어볼까?"

"뭐? 언제는 제사상 차리는 데 진절머리가 났다며? 그때 나한테 했던 말 그새 잊었어?"

아랑곳하지 않고 영인이 대꾸했다.

"맞아. 그래서 내가 천주님을 믿는 거야. 제사 안 지내도 된다고 해서."

"이것아, 말조심해!"

"농이야, 언니. 근데 나 이제부터는 산 사람을 위해서 음식을 만들어보려고."

농담이라고 했지만 인화에게는 어떤 선언처럼 들렸다. 인화는 수라간 궁녀였던 동생의 얼굴이 다시금 떠올랐다. 궐 밖으로 나가야겠다던 동생의 결연한 표정과 도저히 말릴 수 없었던 굳건한 목소리를. 그때와 같은 기시감에 인화는 다시 머리가 지끈거렸다. 영인은 또 한 발짝 인화로부터 멀어지고 있었다.

*

시간은 언제나 인간의 헤아림보다 빠르게 흘렀다. 의준이 명도회에 나간 지 벌써 석 달이 되어갔다. 그사이 의준의 추적은 한없이 더뎌졌다. 자신의 정체가 탄로났다거나 누군가의 방해공작이 있었던 것도 아니었다. 방향을 잃었다고 고하는 것이 차라리 솔직한 것일지도. 그렇게 경신년의 마지막 밤이 찾아왔다.

익환의 집 뒷마당으로 들어서던 의준의 발걸음이 얼마 못 가 그대로 멈춰버렸다. 뜻밖의 인물이 그곳에 있었기 때문이었다. 멀리서 보아도 어의녀 백인화가 분명했다. 그녀는 정신없이 명도회 사람들을 진찰하고 있었다.

백인화와 문영인, 문영인과 백인화. 내의원 진찰일지에서 나란히 보았던 그 이름의 주인들이 의준의 눈앞에 실제로 나타났다. 하지만 이런 식으로 두 사람을 함께 마주할 것이라고는 생각지도 못했다. 오늘은 이만 돌아가야 할 성싶었다.

"워매, 나리. 시방 집에 갈라고 그라요?"

그런 의준의 발목을 잡은 사람은 다름아닌 갓바치였다. 그는 반가운 표정으로 의준을 온몸으로 막아섰다. 당혹감에 의준이 두루뭉술하게 말을 이었다.

"급히 가봐야 할 곳이 생각났네……"

하지만 그에게는 전혀 통하지 않았다. 연신 손사래를 치는 의준의 손을 덥석 잡았다.

"워매, 워매. 혹시 못 들으셨소? 조선 최고의 의술을 가진 어의녀가 이곳에 와 있는디. 날이면 날마다 오는 게 아니랑께요."

하필 그는 목청까지 좋았다. 의준은 황급히 주위를 살피며 그의 손을 뿌리쳤다. 하지만 역부족이었다. 평생 붓만 잡았던 의준의 보드라운 손이 거친 갓바치의 손아귀에서 벗어나기란 불가능에 가까웠다. 힘도 어찌나 세던지. 한겨울인데도 식은땀이 났다. 의준의 얼굴이 점점 더 허옇게 질려갔다.

"워매, 오늘따라 얼굴이 더 핼쑥한디? 뭔 일 있당가요?"

그럴수록 갓바치는 의준의 안색을 살피며 부산을 떨어댔다.

"아니, 아닐세. 글쎄, 괜찮다니까."

"지가 안 괜찮여라."

갓바치에게 꼼짝없이 붙들린 의준이 그와 나란히 줄을 섰다. 머릿속이 복잡해졌다. 혹여나 궐 안에서 인화와 마주치지는 않았을까, 눈썰미 좋은 그녀가 자신의 정체를 한눈에 알아보지는 않을까 조마조마했다. 곧 그의 차례가 다가왔다. 의준은 괜스레 갓끈을 바짝 고쳐 맸다.

"어머! 천덕아!"

격앙된 영인의 목소리에 의준도 놀라 사람들을 비집고 들어갔다. 봉두난발에 남루한 복색을 한 자가 의식을 잃고 쓰러져 있었다. 도와달라는 영인의 손짓에 의준은 쓰러진 자를 부축해 마루로 옮겼다. 온몸이 얼음장처럼 차가워서 놀랐고, 사내치곤 너무나 가벼워서 또 한번 놀랐다.

그는 한성부 소속의 관노였다. 영인의 부탁에 의준이 다급하게 그의 옷고름을 풀어헤쳤다. 절로 고개가 돌아갔다. 성한 곳이 한 군데도 없었다. 그는 흠씬 두들겨맞은 개처럼 간신히 숨을 내뱉었다. 신음하는 숨소리에 오르락내리락하던 시퍼런 멍울과 검붉은 피딱지. 조선의 민낯은 그런 빛깔을 하고 있었다.

영인이 또다시 의준에게 손을 내밀었다. 엄밀히 말하자면 물을 적신 면포를 건넸다. 의준은 얼떨결에 면포를 받아들고 조선이 백성에게 남긴 상흔들을 살살 닦아냈다.

매품팔이라니. 매품팔이는 명백한 불법행위였다. 더구나 한성판윤이라는 자가 웃돈을 받고 매품팔이를 알선해왔다니 기가 찼다. 엄연히 국법에 대한 기만이자 농락이었다. 더는 공맹(孔孟)의 가르침이 울림을 주지 못하는 세상이 되어버린 것일까. 의준은 도저히 고개를 들 수 없었다.

사람들은 하나둘 집으로 돌아갔다. 익환의 처가 잡곡으로 만들어 끓인 떡국을 한 그릇씩 받아들고서. 북적였던 뒷마당은 금세 텅 비었다. 의준의 손에도 김이 모락모락 나는 떡국 한 그릇이 들려 있었다. 의준은 막 옆을 지나가던 갓바치를 불러 세웠다.

"자네, 내 몫까지 받아가게나. 실은 내가 오늘 체증이 있어 일찍 가려고 했다네. 차마 이것까지 받아갈 수는 없을 것 같아서 말일세."

의준은 자신의 몫으로 받은 떡국을 갓바치의 사발에 모조리 부었다. 갓바치가 화들짝 놀라며 의준에게 물었다.

"몸은 괜찮허요? 진즉 말했주셨으믄 아까 내가 새치기라도 해줬을 건디."

"아닐세. 단지 가슴이 답답한 것일 뿐일세."

의준은 말끝을 흐렸다.

"시방 가슴앓이허요?"

"그, 그게 아니고. 됐네."

"아따, 가슴에 묵직한 돌덩이 하나 안 얹고 살아가는 사람 한탱이도 없어라."

"어서 들어가게나. 딸린 식솔이 여럿이라고 하지 않았나."

의준이 턱끝으로 중문을 가리켰다. 갓바치는 의준에

게 꾸벅 인사를 하고 돌아섰다. 누가 보아도 덩실덩실 가벼운 발걸음이었다. 실로 투명한 자였다.

"나리, 아까는 신세가 많았습니다."

그때였다. 의준의 귓가에 낯익은 목소리가 들렸다. 의준이 뒤를 돌아보자 영인이 다소곳하게 서 있었다.

"지난번에도 저희 가게에서 도와주셨지요? 오늘도 큰 폐를 끼쳤습니다."

"그자는 좀 어떻소?"

"오늘 나리께서 천덕이를 살리셨습니다."

"그렇게 말하면 자네 언니가 섭섭해하지 않겠는가?"

놀란 영인이 눈을 동그랗게 뜨며 되물었다.

"저희가 자매인 건 어찌 아셨는지요?"

의준은 잠시 뜸을 들였다.

"선한 눈매가 꼭 닮았던데."

의준의 대답에 영인이 빙그레 웃었다. 그러고는 소맷자락 안에서 무언가를 꺼내 의준에게 내밀었다. 의준이 고개를 갸웃했다.

"나리께서 주문하신 낭도입니다. 보름이 지나도록

찾으러 오지 않으시기에."

의준은 자신도 모르게 아랫입술을 깨물었다. 영인이 내민 은장도가 달빛에 반짝였다. 그대로 땅속으로 꺼지고 싶었다. 그저 그날을 까맣게 잊어주었으면 했다. 의준은 멋쩍은 표정으로 낭도를 건네받았다. 한 손에는 빈 사발이, 다른 한 손에는 새 은장도가 들려 있었다. 양손이 한없이 따뜻하고도 묵직했다. 저 멀리 종루에서 새해를 알리는 긴 종소리가 울리기 시작했다. 그렇게 신유년(辛酉年, 1801)이 먹먹하게 다가오고 있었다.

*

선명한 아침햇살이 영인의 얼굴에 드리워졌다. 영인은 아침 일찍 일어나 방안에서 서책을 읽고 있었다. 『효경』의 표지를 붙인 『열하일기』였다. 맹렬한 추위를 가시게 할 한여름의 풍경들이 필요했으므로. 『열하일기』는 영인이 가장 많이 읽은 서책이었다. 연암의 모든 문장은 물고기처럼 팔딱거렸다. 언제 다시 읽어도 신선했다.

영인에게도 꿈이 있었다. 언젠가 연암처럼 국경을 넘어보는 것이었다. 대궐의 담장을 넘으니 완전히 새로운 삶이 펼쳐졌다. 국경을 넘으면 어떤 세상이 눈앞에 펼쳐질지 자못 궁금했다. 연경에서 열하, 내친김에 회회국(아라비아)까지 걷는 모습을 상상했다. 연암이 만리장성에 새겼다던 낙서가 아직도 있는지, 색목인(色目人)들의 눈은 정말 다른 색깔인지 직접 확인해보고 싶었다. 상상만 해도 좋았다. 비록 그런 것들이 살아가는 데 하등 쓸모없다 하더라도. 집을 나서는 영인의 눈빛이 어제와는 분명 무언가 달랐다.

영인은 배오개가 아닌 도성 밖으로 향했다. 도착한 곳은 무수막 대장간이었다. 넉살 좋은 대장장이 강 서방이 영인을 어느 때보다 반갑게 맞이했다.

"은한당 아씨, 와 이리 일찍 오셨는교?"

"새해 복 많이 받으세요!"

영인이 평소보다 묵직한 보따리를 탁자 위에 내려놓았다. 강 서방이 놀란 눈으로 영인에게 말했다.

"우리 아씨, 장사 수완이 날로 좋아지시믄 우짭니꺼? 이 한양 바닥에 소문이 쫙 난 거 아입니꺼? 이 집

은장도 억수로 잘해쁜다고. 운종가에서 파는 청나라 패도 다 몬생겼다 아입니꺼. 이러다가 아씨가 운종가까지 접수해뿌는 거 아니지예? 아씨, 마, 사대문 안에 번듯한 기와집도 한 채 사뿌이소."

영인이 활짝 웃으며 보따리를 풀었다. 강 서방의 아이들에게 주려고 가져온 주전부리만 한가득이었다.

"강 서방, 어쩌죠? 새해에는 제가 더 열심히 장사를 해야겠는걸요?"

강 서방이 손사래를 치며 다급하게 말을 바꿨다.

"어데, 누가 정초부터 한긋지게 은장도 맞추러 다닙니꺼? 그라고 담부터 이런 거 일절 싸오지 마이소. 맘이 이리 비단결처럼 고우믄 사대문 안에 기와집 몬 산다 안 캅니꺼."

영인이 활짝 웃었다. 보따리 맨 밑에 납작하게 무언가가 깔려 있었다. 칭칭 동여맨 면포를 풀어헤치자 이번에는 커다란 식도 한 자루가 나왔다. 사옹원 숙수 어르신께 물려받은 식도였다. 다만, 더는 쓰지 않아 칼끝이 잔뜩 무뎌져 있었다. 강 서방이 의아한 얼굴로 영인에게 물었다.

"이걸 우째서? 이제 은한당에서 큰 칼도 팔아블라고예?"

"날을 완전히 새로 갈려고요."

"왐마, 이 칼로 뭐를 썰어블라고예?"

"이 세상을?"

강 서방이 배꼽 잡는 시늉을 하더니 껄껄껄 웃었다.

"우리 아씨, 억수로 무섭데이! 그라믄 지가 여기다가 글자도 멋들어지게 새겨드릴까예?"

영인이 가만히 고개를 끄덕였다. 강 서방이 건넨 종이에 영인은 몇 자를 적어 내밀었다.

"단디 만들어놓겠심니더."

궐 밖에서 배운 말 중 가장 재미난 말은 사투리였다. 높낮이가 다양한데다가 억양도 강해서 귀에 쏙쏙 박혔다. 강 서방은 입담까지 좋았으니 무수막에 올 때마다 영인은 함박웃음을 지을 수밖에 없었다.

궁녀들은 대개 예닐곱 살에 입궁해 궐 안에서 말투가 굳어졌다. 특이한 언행을 내뱉거나 조금이라도 억양을 달리하면 상궁마마님께 회초리를 맞았다. 토씨 하나 달라서는 안 되었다. 그곳에서는 다름이란 위험

한 것이었고, 위협적인 것이었다. 궁녀들은 똑같은 말투와 똑같은 표정으로 똑같은 대답을 하기 위해 매일 연습했다. 그것이 지엄한 궁궐의 법도였다. 태양 같은 임금님 앞에서는 어떤 것도 빛나서는 안 되었고 빛날 수도 없었다.

영인은 불현듯 누군가를 떠올렸다. 어둠 속에서도 까맣게 빛나던 어떤 눈동자를. 자신을 궐 밖으로 내보내준 사람은 인화였지만 언니 덕분만은 아니었다. 영인은 아직도 그 아이를 보았던 날이 선연했다. 그 아이는 달라도 너무 달랐다. 어떤 기억은 시간이 지날수록 더욱 또렷해졌다. 영인이 궁녀가 된 뒤 처음으로 궐 밖을 나갔을 때의 일이었다.

*

새해의 첫 명도회 모임이 있는 날이었다. 며칠 사이로 날이 제법 풀렸다. 하지만 제아무리 날씨가 따뜻해졌다고 하더라도 겨울은 겨울이었다. 바람은 여전히 매서웠고, 곳곳에 녹지 않은 눈이 그대로 쌓여 있었다.

한 번 언 것들은 쉽사리 녹지 않는 법이었다.

그사이 사람들은 배로 늘어난 듯했다. 이제는 행랑채까지 개조해 새로운 신자들을 맞이했다. 그들 대부분이 아녀자들이었다. 그녀들은 세상을 등지고 은밀하게 이곳의 문턱을 넘었다. 아직은 미약하지만 꺼지지 않는 작은 불빛 앞으로 모여들었다. 어린 여식들의 손까지 꼭 쥐고서.

"나리, 오늘 말씀은 어떠셨는지요."

별채를 나서던 의준에게 낮은 목소리가 말을 걸어왔다. 뒤를 돌아보자 익환이 서 있었다. 일찍이 청나라를 드나들었다던 그는 이곳에서 모든 것에 혜안을 가진 자로 통했다. 의준에게도 언문으로 쓴 『천주실의』를 따로 선물해줄 만큼 세심한 사내이기도 했다. 덕분에 의준에게도 영 어색했던 언문이 조금은 친근하게 느껴지기는 했다. 물론 이 올망졸망한 글자에 담긴 내용이 너무나도 파격적이라는 것은 여전히 믿기 어려웠지만.

"갈 길이 멀게 느껴집니다."

의준은 어떤 표정을 지어야 할지 잠시 고민했다. 그런 의준을 익환이 빤히 바라보았다. 그러고는 소맷자락에서 무언가를 꺼내 의준에게 건넸다.

"칠극?"

"예. 조선 사대부에게 사단칠정(四端七情)의 가르침이 있다면 우리에게는 '칠극(七克)'이라는 게 있지요. 인간의 죄악을 다스리기 위한 일곱 가지 덕행에 관한 서책입니다. 『논어』의 극기(克己)와 일맥상통한달까요."

"극기라."

"극복해나가야 할 것들이 참 많은 세상입니다. 시간 나실 때 탐독해보시지요."

집에 돌아오자마자 의준은 갓끈을 거칠게 풀어헤쳤다. 매일 쓰던 흑립이 유달리 갑갑하게 느껴졌다. 의준은 갓을 내려놓고 자신의 방을 천천히 훑어보았다. 서안 위에는 먹과 벼루 그리고 잘 가꾸어진 화초가 놓여 있었다. 과거시험에 급제했을 때 스승님께 물려받은 연적도 나란히 있었다. 비단족자와 책장에는 성현의 말씀들이 넘쳐났다. 모든 것은 차곡차곡 쌓여 있었고, 반듯하게 놓여 있었다. 사대부의 방 그 자체였다. 의준은 질끈 눈을 감았다가 다시 떴다. 족자에 적힌 커다란 글자들이 흐릿하게 보였다.

의준은 서안 위에 『칠극』을 조심스레 올려놓았다. 깊은숨을 크게 들이쉬고는 낯선 서책에 손을 뻗었다. 그의 손이 미세하게 떨렸다. 방 안은 종이를 넘기는 소리로만 가득 채워졌다. 의준은 등잔불이 다 탈 때까지 잠자리에 들지 못했다. 의준에게 필요했던 말이 그곳에 쓰여 있었으므로.

아침햇살이 높다란 담장을 넘어 의준의 방 구석구석을 비추었다. 기와에 쌓여 있던 눈이 녹아 처마끝으로 똑똑 떨어졌다. 마치 꽁꽁 언 땅을 두드리는 다정한 안부 같았다. 모처럼 늦잠을 잔 의준이 천천히 몸을 일으켜세웠다.

"분노는 불과 같아 마음과 몸을 태우고, 인내는 물과 같아 불을 꺼뜨리고 성정을 기른다."

의준은 혼잣말을 되뇌었다. 자리에서 일어나 결연한 손길로 옷을 갖춰 입었다. 방을 나서는 의준의 손에 『칠극』이 들려 있었다.

의준이 향한 곳은 별당이 있는 뒤뜰이었다. 이곳은 아침도 한밤중처럼 적막했다. 외롭게 솟아 있는 별당을 바라보았다. 볕이 잘 들지 않아 돌계단에는 아직도 군데군데 해묵은 눈이 쌓여 있었다. 의준은 그동안 그곳을 오르지 못했다. 하지만 오늘은 달랐다. 의준은 천천히 숨을 몰아쉬며 돌계단을 올랐다. 별당 장지문 앞에 의준이 우뚝 섰다. 의준의 얼굴에 설핏 긴장감이 서렸다. 한참 동안 가만히 서 있던 의준이 입을 뗐다.

"의영아, 큰오라버니이다."

"……"

익숙한 침묵이 길게 흘렀다. 의준은 한번 더 용기를 냈다.

"간밤에 읽은 서책을 한 권 가지고 왔단다."

"……"

"의영아, 이 책에서 그러더구나. 이 땅에 마음의 병과 죄가 없는 사람은 단 한 명도 없다고."

"……"

"헌데 말이야, 그런 사람들로 가득찬 이 세상이 나름대로 돌아가는 이유는 그 마음의 병과 죄를 다스리는 방법 또한 있기 마련이라고 하더구나. 내 여기에 이 서책을 두고 가마."

의준은 별당 툇마루에 『칠극』을 가만히 내려놓았다. 그러고는 나지막이 한마디를 더 보탰다.

"의영아, 미안하다."

의준의 목소리가 심하게 떨렸다. 의준은 숨을 천천히 내뱉고는 별당의 돌계단을 내려갔다. 오를 때보다는 조금 덜 무거운 걸음으로.

*

을묘년(乙卯年, 1795) 이월, 수라간 궁녀였던 영인이 수원 행궁으로의 원행에 동원된 적이 있었다. 효심이 지극했던 임금은 수원에 있는 아버지의 묘소에 참배하고, 그곳에서 어머니인 혜경궁마마님의 회갑연을 성대하게 치르길 원했다. 전무후무한 어명이었다. 원행이 결정된 날부터 수라간은 그야말로 비상이었다. 제사 음식과 회갑연 음식을 동시에 준비하는 것은 물론 한양에서 멀찍이 떨어진 수원 행궁에서 음식을 지어 올려야 했기에 부담이 이만저만이 아니었다.

"모든 음식과 행동에 한 치의 실수도 없어야 하느니

라! 알겠느냐?"

 수라간에서는 매일 닦달 같은 훈육이 계속되었다. 그럼에도 불구하고 어린 궁녀들은 살짝 들떠 있었다. 살면서 궁녀가 궐 밖으로 나갈 기회는 그리 많지 않았다. 팔도에서 차출된 음식 명장들은 물론 내로라하는 악공과 무희들까지 구경할 수 있는 절호의 기회였다. 특히 소문이 자자했던 수원 화성과 행궁을 눈으로 직접 볼 수 있다는 것까지도. 수원까지 꼬박 이틀을 걸어서 가야 했지만 철없이 설레는 것은 어쩔 수 없었.

 '세상에나. 하늘 아래 한양과 똑 닮은 곳이 있다니!'
 듣던 대로 수원 화성은 장관이었다. 탄성이 절로 나왔다. 그야말로 위엄이 넘쳤다. 모든 길이 자로 잰 듯 반듯반듯했고, 집들은 동백기름이라도 칠한 듯이 반짝였다. 원행의 고단함을 싹 잊게 만드는 압도적인 아름다움이 그곳에 있었다. 십 년이면 강산이 변한다던 그 말이 꼭 맞았다. 일곱 살이었던 영인의 키가 궐 안에서 세 뼘이 자라는 동안 세상은 세 배는 더 빠르게 변하고 있었다.

 행궁의 처소에 막 도착한 영인이 짐을 풀고 있을 때

였다. 한 아이가 보따리를 안고 영인의 처소로 들어왔다. 까무잡잡한 피부에 눈동자는 더 새까만 아이였다. 무엇보다 한눈에 보아도 아이의 차림새가 특이했다. 품이 큰 저고리와 버선발을 다 덮을 정도로 기다란 치마를 입고 허름한 적갈색 두건까지 두르고 있었다. 영인보다 앳돼 보였으나 몸집은 더 컸다. 아이는 싹싹하게 먼저 말을 붙여왔다.

"나는 화성 여각에서 일을 도우러 온 설이라고 해. 올해 열일곱이야."

"서리?"

"눈 설(雪), 이로울 이(利), 곽설이."

상냥한 말투였지만 어딘지 모르게 당돌함이 느껴졌다. 설이는 곧바로 방바닥에 보따리를 획 내던지며 말했다.

"행궁 진짜 좋다. 너는 맨날 이런 데서 자겠구나?"

아이는 대뜸 바닥에 대자로 드러누웠다.

"나 같은 애들은 이렇게 융숭한 곳에서 자면 자다가도 봉창 두들길지도 몰라."

영인은 난감한 표정을 지었다. 이 아이와 이곳에서

보내야 할 며칠 밤이 두려워지기 시작했다.

원행에서 맞이하는 닷새째 밤이었다. 시간을 정확히 가늠할 수는 없으나 분명 야심한 시각이었다. 이부자리 위에 반듯하게 누워 있던 영인이 눈을 번쩍 떴다. 본래 궁녀들은 어둠 속에서 눈과 귀가 더 밝았다. 옆자리에 누워 있던 설이가 감쪽같이 자취를 감춘 뒤였다. 처음에는 몽유병인가 싶었다. 그러나 사흘 연속 비슷한 시간에 병이 도질 리 없었다. 영인은 조용히 일어나 그녀의 뒤를 밟았다.

설이는 수라간에 있었다. 가느다란 문틈으로 그녀가 살짝 보였다. 동시에 영인은 소리를 지를 뻔했다. 재빨리 두 손으로 입을 틀어막았다. 그곳에서 설이는 옷을 벗고 있었다.

'한 겹, 두 겹, 세 겹, 네 겹, 다섯 겹······'

무려 아홉 겹이었다. 창살 사이로 비스듬히 들어온 달빛이 아니었다면 그 진귀한 광경을 보지 못했을지도 모른다. 흡사 달빛에 홀린 춤사위 같기도 했다. 그녀의 몸집은 점점 홀쭉해졌다. 허물 같은 치마들이 층층이 바닥에 쌓였다.

설이는 막 탈피를 끝낸 애벌레처럼 허물을 벗고 나왔다. 그러고는 옷에 닥치는 대로 식재료를 싸기 시작했다. 일말의 망설임도 없었다. 한두 번 해본 손놀림이 아니었다. 고사리, 도라지, 무말랭이, 말린 대추 등을 티가 나지 않게 한 움큼씩만 고루 담아냈다. 그녀 옆으로 크고 작은 보따리 아홉 개가 만들어졌다. 숨을 죽이고 지켜보던 영인이 침을 꼴깍 삼켰다. 무엇보다 저 보따리들의 행방이 궁금해졌다. 제아무리 날개를 가진 나비라 할지라도 묵직한 보따리를 입에 물고 날아갈 수는 없을 테니.

해답은 부뚜막에 있었다. 설이는 주변을 두리번거리더니 맨 끝에 있는 아궁이 안으로 기어들어갔다. 어디론가 연결이 되어 있는 모양이었다. 순식간에 사라졌던 설이는 한참 뒤에 아궁이에서 기어나왔다. 얼굴에 시커먼 숯검정이 잔뜩 묻어 있었다. 설이는 씩 웃으며 소맷자락으로 얼굴을 쓱쓱 훔쳤다. 그러고는 다시 아궁이 속으로 사라졌다.

영인은 한달음에 행궁 처소로 돌아왔다. 머리끝까지 덮은 솜이불에 영인의 가쁜 숨이 닿았다. 심장은 방바닥에 붙어버릴 기세로 세차게 쿵쾅거렸다. 놀란 가슴을 진정시키는 데 한참이 걸렸다.

그뒤 얼마나 지났을까, 설이는 아무렇지 않게 방으로 돌아왔다. 아주 작은 기척도 없이 영인의 옆에 다시 얌전히 누웠다. 그녀에게서 알 수 없는 냄새가 났다. 땀냄새 같기도 하고 흙 비린내 같기도 했다.

'이런 게 궐 밖의 냄새일까?'

영인의 머릿속은 자꾸만 시커먼 아궁이 속을 들여다보고 있었다.

어느새 방안은 설이의 고른 숨소리로 가득찼다. 영인은 몸을 모로 누워 팔을 베고는 잠든 설이의 얼굴을 빤히 바라보았다. 아까의 대범함은 온데간데없이 순진한 얼굴로 자고 있었다. 대체 정체가 무엇일까, 누구의 사주를 받은 것일까, 행궁의 비밀통로는 어찌 알았을까? 조목조목 죄를 따지기보다는 물어보고 싶은 말이 많았다. 그때였다.

"너, 다 봤구나?"

별안간 설이도 영인을 향해 모로 누웠다. 어둠 속에서 밤이슬에 젖은 것처럼 촉촉한 안광이 느껴졌다. 행궁 밖에서 눈에 별이라도 박아온 것처럼. 영인은 그저 말없이 두 눈만 깜빡일 뿐이었다. 이번에도 설이가 먼저 입을 열었다.

"우리 아부지는 이 행궁을 짓다가 돌아가셨어. 두 해 동안 매일 흙과 돌을 나르셨지. 우리 아부지뿐만이 아니야. 마을 사람들 대부분이 동원되었고, 동시에 성 밖으로 쫓겨났지. 이 행궁에는 밖으로 연결된 비밀 통로가 두 개나 더 있어."

"그걸 나한테 말해주는 이유가 뭐야?"

"너도 나와 같은 백성이니까. 다만, 궐 안에 있을 뿐이지. 마음만 먹으면 여기서 흔적도 없이 도망칠 수 있다는 말이기도 하고."

"이건 명백한 도적질이야. 날이 밝으면, 날이 밝기만 하면, 날이 밝는 대로 제조상궁마마님께……"

"너 하고 싶은 대로 해. 죽은 사람을 위해서도 이렇게나 많은 음식을 차리는데 산 사람을 위해 음식을 나누는 게 뭐가 어때서? 궐 밖에는 더 많은 목숨들이 있어."

"그래도 이건……"

"목숨에는 귀천이 없거든."

동이 틀 때까지 영인은 단 한숨도 자지 못했다. 밤새도록 설이의 마지막 말이 귓가에 맴돌았기 때문이었다. 영인은 일곱 살에 헤어졌던 가족을 떠올렸다. 정녕 그때가 마지막인 줄 알았다면 헤어지기 싫다며 생떼라도 부려보았을 텐데. 어느새 영인은 일곱 살 아이처럼 울고 있었다.

날이 밝자 설이는 아무렇지 않은 듯 일을 하러 나갔다. 반면에 영인은 무언가에 눌린 것처럼 몸을 일으키는 것조차 힘겨워했다. 물론 그날 밤에도 설이는 어김없이 밖으로 나갔다. 그리고 한참 뒤에 세상의 냄새를 잔뜩 묻히고 돌아왔.

드디어 행궁에서의 마지막 밤이었다. 설이의 대범한 도적질을 눈치챈 사람은 한 명도 없었다. 언제나 비밀은 그것을 아는 자만을 가슴 졸이게 했다. 영인은 결국 어떠한 말도 꺼내지 못했다. 십 년이 넘도록 궐 안에서 본 것을 못 본 척하며 살아왔던 영인의 입이 쉽게 떨어질 리 없었다. 내일이면 모든 것이 제자리를 찾아 돌아갈 것이었고, 감당하기 어려운 마음도 오늘로 끝이었다. 영인은 잠을 청하기 위해 눈을 질끈 감았다.

"네가 목숨을 여럿 살렸어."

밖에 나갔다가 돌아온 설이는 대뜸 영인을 향해 큰절을 올렸다. 방바닥을 타고 묵직한 울림이 영인에게 와닿았다.

"평생 잊지 않을게."

예정대로 모든 것은 한양으로 돌아왔다. 원행은 성공적이었고 궁궐의 일상은 다시 똑같이 흘러가기 시작했다. 하지만 영인만큼은 예전과 같지 않았다. 결코 같을 수가 없었다. 처음에는 무언가를 두고 온 사람처럼 굴었다가 나중에는 무언가를 잃어버린 사람처럼 보였다. 자꾸만 아궁이 속으로 사라지던 설이의 뒷모습이, 그녀가 묻혀온 궐 밖의 냄새가 아른거렸다. 영인은 눈에 띄게 수척해졌다. 일하다가도 생각이 다른 곳으로 튀었다.

"영인아, 그 이야기 들었어? 지난 원행 때 행궁에서 축사했던 초계문신 말이야."

"누구?"

"그 있잖아. 전하께서 축사를 듣고 눈물을 흘리셨다

던. 그때 궁녀들 사이에서 난리였잖아! 궁녀로 치면 승은을 입은 거나 진배없다고."

"그랬었나?"

전혀 감흥이 없는 영인의 목소리에도 아랑곳하지 않고 옥돔을 손질하던 옥란이 흥미롭게 말을 이었다.

"글쎄, 전하께서 그 초계문신한테 백지를 주면서 거기에 맡고 싶은 보직을 쓰라고 했대!"

"원하는 자리가 없으면?"

"어머, 얘! 무슨 뚱딴지같은 소리야."

옥란이 펄쩍 뛰었다.

"백지를 다시 백지로 돌려드려도 되려나?"

"뭐? 세상에 그런 바보천치가 어딨니? 에휴, 그나저나 우린 언제쯤 그런 총애를 받아보려나."

옥란은 옥돔의 남은 비늘을 마저 벗기는가 싶더니 도마 위에 식도를 팽개쳤다. 그녀의 시무룩한 목소리가 이어졌다.

"아이고, 내 팔자야. 난 후원(後園) 부용지에 사는 잉어도 부럽다니까. 때 되면 밥 주지, 때깔도 곱지, 전하께서도 가끔 쳐다봐주시잖아. 다음 생에는 비단잉어로 태어났으면."

"잉어? 난 별로야. 연못에서만 살아야 하잖니. 이왕이면 나는 바다에서 헤엄치는 물고기로 태어나련다."

옥란이 고개를 절레절레 저었다.

"바다? 어머, 얘 좀 봐. 본 적도 없으면서 꿈도 야무지네."

옥란이 칼끝으로 옥돔을 콕콕 찌르며 말했다.

"바다에서 헤엄치는 것들은 요렇게 다 잡혀서 수라상에나 올라가잖니. 싫다, 난!"

"쳇. 안 잡히면 그만이지."

영인은 모든 것이 분명해졌다. 그저 용단이 필요할 뿐이었다. 이제 영인은 바다에서 살고 싶어졌다. 한 번도 본 적이 없는 바다마저 그리워지기 시작했다.

*

사헌부 집무실에서는 늘 차분한 향나무 냄새가 났다. 반듯한 격자무늬 창살 옆에서 의준은 하루종일 무언가를 써내려갔다. 어느새 해가 뉘엿뉘엿 기울기 시작했다. 불그스름한 석양이 의준의 뺨에 드리워졌다. 의준은 천천히 붓을 내려놓았다. 주위를 가지런히 정리하고 자리에서 일어났다. 서안 위에 꺼내두었던 낭도를 집어들었다. 낭도에 새겨진 글귀를 괜히 문질러 보았다.

"삼인성호라."

의준은 호랑이와 눈씨름이라도 할 기세로 낭도를 노려보다가 이내 웃어버렸다. 사헌부 감찰과 나름 잘 어울리는 말이기는 했다. 의준은 낭도를 품안에 깊숙이 넣으며 중얼거렸다.

"그래, 이제 진짜 호랑이를 잡으러 가야지."

의준은 광통교로 향했다. 은행나무 아래에서 누군가를 기다렸다. 약조한 시간이 가까워졌다. 의준은 고개를 들어 하늘을 올려다보았다. 하늘은 온통 붉게 물들어 있었다. 앙상한 나뭇가지에 울긋불긋한 노을이 단풍잎처럼 걸려 있었다.

'지금은 앙상하지만 봄이 오면 푸릇한 싹이 돋아나겠지. 또 자라난 잎은 따스한 햇볕에 잘 익어갈 테고.'

의준은 충만한 표정을 지었다. 당장 가을볕에 풍성

해진 나무 아래에 서 있는 것처럼. 왠지 모르게 마음이 간질거렸다.

땅거미가 지기 시작했다. 어둠은 금세 몰려왔다. 그때, 어둠보다 진한 그림자 하나가 은행나무 아래로 뛰어들어왔다.

"지송해유. 쇤네가 쬐끔 늦었구먼유."

의준이 나무 기둥을 따라 반쯤 도니 천덕이 서 있었다. 푹 꺼졌던 그의 볼에 어느새 살이 차올라 있었다. 이제야 좀 사람 같았다.

"자네, 몸은 좀 어떤가?"

"글쎄 지가유, 탕약이라는 걸 난생처음 먹어봤슈. 그것도 어의녀가 달여준 탕약을. 사발에 남은 마지막 한 방울까지도 아까워서 혀로 싹싹 핥았구먼유."

너스레를 떠는 것을 보니 이제 말끔하게 나은 모양이었다.

"내가 부탁했던 건 어찌되었나?"

"가져왔슈. 내일 동트기 전까지 안 돌려주시믄 저 진짜 큰일나유. 파루소리가 들리믄 여기서 다시 봐유."

의준은 말없이 고개를 끄덕였다. 천덕이 먼저 어둠

속으로 자취를 감추었다. 의준은 다시 사헌부로 향했다. 꺼졌던 집무실의 등잔에 다시 불을 밝혔다. 의준은 천덕이 건넨 장부를 찬찬히 훑기 시작했다.

'말도 안 돼!'

그것은 단순한 매품팔이 장부가 아니었다. 장부에는 한성판윤이 뇌물을 받고 도성 안에 불필요한 길을 만들어준 정황이, 민가를 무단으로 탈취해 양반들에게 팔아치운 흔적이, 공노비를 사노비로 팔아넘긴 기록이 차고 넘치게 적혀 있었다. 너무나도 확실한 증좌였다. 의준은 다시 붓을 들었다. 짙은 어둠을 모조리 삼킬 기세로 사헌부의 등잔불이 활활 타올랐다.

얼마 뒤에 사헌부 대사헌[7] 영감이 의준을 급히 찾아왔다.

"자네, 지금 당장 의복을 갖추게나. 나와 궐에 들어가야 할 듯싶네."

"영감, 어인 일이십니까?"

"자네가 올렸던 상소 말일세. 곧바로 한성판윤의 가

---

[7] 대사헌(大司憲): 조선시대 사헌부의 으뜸 벼슬로 정사를 논하고 백관(百官)을 감찰하며 기강을 확립하는 따위의 업무를 맡아했다.

택을 수색했는데 승하하신 선왕의 어찰이 뭉치로 발견되었다네. 다른 중신들도 입궐 교지를 받았어. 자네도 함께 와달라 하더군."

"어찰이라뇨?"

의준은 두 귀를 의심했다. 임금의 어찰을 빼돌리는 것은 대역죄였다. 대체 한성판윤이라는 작자가 무슨 연유로, 무엇을 위해 그런 행동을 했을지 전혀 가늠이 되지 않았다. 의준은 황급히 대사헌 영감의 뒤를 따랐다.

무려 서른일곱 장이나 되었다. 의준에게만이 아니었다. 탕평을 거듭 강조했던 군주답게 선왕은 문무백관 가릴 것 없이 많은 이들에게 어찰을 남겼다. 의준에게도 한 장이 쥐여졌다. 낯익은 선왕의 필체가 또렷하게 보였다. 그러나 이내 눈물에 가려 글자들은 금방 흐릿해졌다.

최의준, 자네는 이름부터 마음에 들었네. 이(利)만을 좇는 신하들 사이에서 의(義)를 좇는 자가 반가웠지. 가까이에 두고 오래 보고 싶었어. 헌데, 작년부터 몸이 부쩍 좋지 않더군. 그 사실을 감추느라 무

척 애를 썼다네. 내의원에 어떠한 기록도 남기지 말라고 신신당부를 했지. 내가 무너지면 조선이 무너질 것 같아서 말이야. 하지만 모두 허사였다네. 잘 굴러가던 수레도 결국 어딘가에서 멈추고 마는 것처럼 말이야……

강건한 용안 뒤에 철저하게 외로웠을 선왕을 생각하니 가슴이 미어졌다. 애초에 음침한 계책이나 간악한 음모 따위는 없었다. 애꿎은 분노였다. 의심이 제일 쉬운 법이었다. 어쩌면 허망한 죽음 앞에 원망을 돌릴 만한 곳이 필요했던 것이었을지도. 그러나 그 어떤 분노나 의심으로도 비통한 죽음을 되돌릴 수는 없었다.

의준이 밝혔던 등잔불은 횃불이 되었다. 한성판윤은 끝까지 애달픈 충정과 결백을 호소했지만 소용없었다. 선왕의 어찰을 은닉한 죄로 강화도로 유배가 결정되었다. 그는 돈에만 눈이 먼 것이 아니었다. 임금의 사랑에는 목을 매고 있었다. 그에게 웃돈을 주고 집을 얻거나 매질을 피했던 양반들은 끝까지 모르쇠로 일관했다. 청계천 도롱뇽의 꼬리가 댕강 잘리듯 한성판윤은 유배지로 향해야 했다.

 신유년 정월 스무여드레, 돈화문 밖에서 큰 화염이 일었다. 의정부를 비롯해 내수사와 전국 곳곳의 관청에 소속되어 있던 공노비 육만 육천여 명의 노비문서가 일제히 불태워졌다. 천덕의 노비문서도 함께였다. 누군가를 평생 옭아맸던 한 장짜리 굴레가 한 줌도 되지 않는 재로 변했다. 그것들은 새처럼 하늘 위로 펄펄 날아갔다.

 물론 조선 땅에서 양천의 구별이 완벽히 사라진 것은 아니었다. 여전히 풀려나지 못한 사노비들과 노비만도 못한 삶을 사는 양인들이 조선 팔도에 넘쳤다. 하지만 의준은 느낄 수 있었다. 조선을 떠받치고 있던 커다란 축들이 하나둘 무너지고 있다는 것을. 그리고 그 허물어진 잔해들이 이 땅을 비옥하게 만드는 거름이 될지도 모른다고. 의준이 이 소식을 들었을 때 제일 먼저 떠오른 얼굴이 있었다. 그녀는 어떤 표정을 지었으려나.

 어느새 의준은 배오개를 향하고 있었다.

*

 배오개 저잣거리에도 공노비를 혁파한다는 방이 곳곳에 나붙었다. 익환은 그것을 직접 베껴와 명도회 사람들에게 한 글자씩 토씨 하나 틀리지 않고 그대로 읽어주었다. 말이 끝나기가 무섭게 온통 눈물바다가 되었다. 주문모 신부는 이것을 기적이라고 말했다. 무언가를 간절히 바라고 끝끝내 포기하지 않은 자들만이 맛볼 수 있는 것이라며.

 영인도 온몸이 저릿저릿했다. 무수히 많은 밤을 헤아리며 만인이 평등하다고 읊었지만 이렇게 빨리 현실이 되리라곤 생각하지 못했다. 말로는 형용할 수 없는 감정이 휘몰아쳤다.

 천덕의 노비문서가 불태워지던 날, 영인의 집 부뚜막에서도 모락모락 연기가 피어올랐다. 모두 모여 잔치를 열기로 했기 때문이었다. 횃불로 다시 살아난 자들을 위한 성대한 만찬이었다.

 "비비안나, 어쩜 이리도 음식을 잘하나? 종갓집 며느리였다더니…… 확실히 손맛이 다르긴 다르네."

"그저 부엌데기였는걸요."

완전히 틀린 말은 아니었다. 그 종갓집이 종묘사직을 모신다는 게 문제였지만. 영인은 멋쩍게 웃었다. 처음에는 명도회 사람들에게 도움이 되고 싶어서 다시 시작한 요리였다. 그러나 점점 음식을 장만하는 과정 자체가 좋아졌다. 제한된 재료로 원하는 맛을 구현해내는 즐거움이랄까. 과부로 위장하느라 꼭꼭 숨겨야 했던 이력도 다 쓸모가 있었다. 영인은 수라간 궁녀로 살았던 지난날이 처음으로 마음에 들었다.

"비비안나. 무슨 생각을 그리 골똘히 하고 있나?"

"어머, 오셨어요?"

은한당에 들어온 익환을 보고는 영인이 반갑게 맞이했다.

"무수막에 들렀더니 강 서방이 자네에게 이걸 전해주라고 하더군. 때늦은 설치레라고 하던데?"

익환은 영인에게 작은 보자기 하나를 건넸다.

"그리고 이건 지난번에 나에게 부탁했던 그 서책이라네. 나도 이걸 설치레로 하지."

청나라에서 구해온 조리서 『거가필용』이었다.

"감사합니다. 긴히 쓰겠습니다."

영인이 고개를 숙여 감사함을 표했다.

"어제 음식 장만하느라 피곤했을 텐데 오늘은 일찍 문 닫고 들어가게나."

은한당을 막 나서려던 익환이 다시 뒤를 돌아 영인을 바라봤다.

"아참, 세책방 영감이 그러던데 여기서 작은 소란이 있었다고."

영인이 고개를 갸우뚱했다.

"소란한 날들도 필요한 법이지. 부딪히지 않으면 깨지지 않는 법이니."

익환은 턱수염을 매만지고는 뒤를 돌아 은한당을 나섰다. 익환이 서 있던 자리에 한 뙈기 빛이 들어섰다. 그는 명도회의 빛이었고 동시에 영인에게는 빛이었다. 감히 가늠할 수도 갚을 수도 없는 은혜를 베푸는 사람. 이 험한 세상에 그런 사람이 있어, 그와 같은 사람들을 알게 되어서, 그들과 같은 꿈을 꿀 수 있어서 영인은 더할 나위 없이 행복했다. 명도회 사람들을 만나지 못했더라면 영인은 전혀 다른 삶을 살고 있었을 터였다.

영인은 대장장이 강 서방이 보낸 작은 보자기를 풀었다. 그 안에는 은장도가 하나 들어 있었다. 의아한 얼굴로 은장도를 집어들자, 영인의 얼굴에 절로 미소가 피어올랐다. 영인이 식도에 새겼던 글귀가 새 은장도에도 똑같이 새겨져 있었다. 영인은 한 글자 한 글자를 손끝으로 아련하게 매만졌다.

三人成好

거기에도 삼인성호가 새겨져 있었다. 다만, 마지막 한자가 '호랑이 호(虎)' 자가 아닌 '좋을 호(好)' 자였다.
"세 사람이 모이면 좋은 세상을 만들 수 있지. 암, 있고말고."
이는 그 어떤 훌륭한 경서에도 없는 말이었다. 사람 셋이 모여서 거짓 호랑이를 만들어낼 수 있다면, 좋은 세상을 못 만들 리 없었다. 혹여 그것을 세상이 인정해 주지 않더라도.
영인은 의준의 얼굴을 떠올렸다. 무뚝뚝하지만 분명 의로운 눈빛을 지닌 선비였다. 그도 자신처럼 이곳에서 좋은 사람들을 만나 새로운 세상을 함께 만들어나 갔으면 했다. 영인은 익환이 구해다준 『거가필용』을 펼쳤다.

"비비안나, 청나라 음식은 또 언제 배웠댜?"
"다들 입맛에 맞으셨을지 모르겠어요."
"세상에나, 말도 마. 신부님은 꿩고기가 들러붙은 꼬챙이까지 쪽쪽 핥으셨어!"
"그렇담 다행이네요."

그랬다. 칭찬은 영인을 다시금 수라간 궁녀로 돌아가게 만들었다. 영인의 요리는 나날이 빛을 발휘했다. 이제 청나라 음식까지 두루두루 만들어내기 시작했다. 『열하일기』에서 연암이 먹었다던 음식도 직접 만들어보았다. 펄펄 끓는 커다란 사발 하나를 가운데 놓고 육수에 이것저것을 담갔다가 꺼내 먹어야 하는 번거로움이 있었지만 단연코 명도회에서 가장 인기 있는 청나라 음식이었다. 물론 예외도 있었다. 영인이 만든 음식이 다 맛있지는 않았다.

"비비안나, 근데 왜 청나라에서는 맛좋은 두부를 이렇게 삭혀서 먹을까?"

"그러게요. 신부님 고향에서는 이리 드신대요. 냄새가 너무 고약하죠?"

"이걸 뭐라고 부른댔지?"

"취두부래요."

"그나저나 마당에 온통 썩은 내가 진동해서 어찌한담?"

오로지 허기를 달래기 위해 겨우 먹어야 하는 음식도 있었다. 그래도 괜찮았다. 궐 밖에서는 한 치의 실수마저 열 배의 값진 경험으로 셈해주었다. 어떨 때는 따뜻한 응원이 따라오기도 했다. 영인은 매일 궐 밖에서 근사한 실수를 쌓아가고 있었다.

*

"이 세상이 마칠 때가 오면 온 나라의 구분이 사라집니다. 임금과 신하, 양반과 상놈의 구별이 없어지지요. 모든 사람은 구름을 타고 내려오신 천주님 앞에 가장 낮은 모습으로 모일 겁니다."

『천주실의』 막바지 풀이가 한창이었다. 모임이 끝나

갈 무렵 주문모 신부는 비비안나의 이름을 여러 번 입에 올렸다. 익환도 덩달아 흐뭇한 미소를 지었다. 그녀가 만든 청나라 음식에 주문모 신부가 깊은 감명을 표했기 때문이다. 조선에 와서 맛본 고향의 음식 덕분에 사무치게 감격스러웠노라고. 주문모 신부의 표정은 어느 때보다 든든해 보였다.

모임이 끝나기가 무섭게 사람들은 영인을 삼삼오오 에워쌌다. 청나라 음식을 만드는 비법이라도 전수받을 기세였다. 구국의 영웅으로 보였을 터였다. 의준은 먼 발치에서 그들을 바라보았다. 사람들 사이로 드문드문 영인의 해사한 미소가 보였다. 의준도 그녀를 따라 조용히 미소 짓고 있었다.

이제 명도회 모임이 있는 날이면 사람들은 먼저 영인의 집으로 모였다. 영인과 함께 음식을 장만하기 위함이었다. 수라간 궁녀였다더니 그녀의 음식 솜씨는 남달랐다. 그녀는 부족한 재료로 탕평채, 구절판, 제호탕 같은 것들을 뚝딱 만들어냈다. 저잣거리에서 쉽게 볼 수 없는 과분한 찬거리들이 그녀의 손에서 탄생했다.

얼마 뒤 명도회 사람들은 영인의 집 뒤뜰에 커다란

항아리를 묻었다. 그녀가 음식을 만드는 데 조금이라도 보탬이 되고 싶은 마음들이 그곳으로 모이기 시작했다. 사람들은 다양한 식재료를 항아리에 넣어두었다. 그녀가 만드는 음식은 날마다 맛과 향이 달랐다. 항아리에 모인 재료에 따라, 청나라 신부님의 입맛에 따라 이국적인 음식도 거침없이 만들어냈다. 조선인의 입맛에 딱 맞는 음식도 있었고, 사람이 도저히 먹을 수 없는 괴이한 음식도 있었다. 하지만 그녀가 어떤 음식을 선보여도 타박하는 이 하나 없었다.

모두 함께 음식을 먹은 뒤 남자들도 으레 뒷정리를 도왔다. 의준 역시 이곳에서 설거지라는 허드렛일을 난생처음 해보았다. 부친이 아시면 놀라움을 넘어 격노하실 테지만 궁중의 수라를 맛보는 대가로 이만하면 충분했다. 세상의 질서와는 또다른 질서가 생겨나고 있었다.

의준도 푸줏간에 들러 생치를 열댓 근 샀다. 그녀를 의심했던 지난날에 대한 죄책감이거나 무언가를 만회하고자 함이 아니었다. 모름지기 군자는 염치 있게 행동해야 한다던 성현의 가르침이 생각났을 뿐. 의준은 아무도 묻지 않은 질문에 자답하며 걸음을 재촉했다.

의준은 영인의 뒷마당에 있는 항아리 뚜껑을 열었다. 항아리는 이미 누군가 넣어놓은 식재료로 반쯤 채워져 있었다. 짓무른 배추와 꽁꽁 언 무를 비롯해 '구휼'이라고 적힌 자루까지 들어 있었다. 사람들이 어떤 마음으로 이곳의 항아리를 여닫았을지 의준도 조금은 알 것만 같았다.

그때, 의준의 뒤로 인기척이 들렸다.

"나리, 그건 고기가 아닙니까? 어디서 그 많은 고기를……"

"돝고기는 아니고 흔한 꿩고기이니 사양 마시오."

"어찌 이리도 많이 구하셨는지요?"

"부친께서 사냥을 다녀오셨소. 매번 얻어먹기만 해서 염치가 없었소이다. 받아주시오."

"염치란 이렇게나 좋은 거였군요."

영인이 환하게 웃자 의준은 시선을 피해 고개를 돌렸다. 체통도 없이 자꾸 이야기를 꾸며내는 자신이 남사스러웠다. 의준은 괜히 마른기침을 했다.

그리고 다시 영인을 향해 고개를 돌렸을 때, 그녀의

저고리에 달린 패도가 눈에 들어왔다. 자신의 낭도와 같은 문양의 것이었다. 의준이 뚫어지게 패도를 바라보자 영인이 곧장 패도를 풀어 의준에게 내밀었다. 그녀의 입가에 은근한 뿌듯함이 묻어 있었다.

"나리, 저번에 말씀하신 삼인성호 말입니다. 저도 그 글귀가 꽤 마음에 들어서 이 패도에 새겼습니다."

"삼인성호를?"

놀란 의준이 영인의 은장도를 자세히 들여다보았다.

三人成好

"세 사람이 모여서 좋음을 만든다?"

"예, 나리. 저는 세 사람이 모여서 호랑이 말고 좋은 세상을 만들었으면 합니다."

강단이 느껴지는 목소리였다. 의준은 안주머니에 있는 자신의 낭도를 만졌다. 그러고는 완벽하게 졌다는 듯이 영인을 향해 환하게 웃었다. 그녀와 함께라면 좋은 세상이 빨리 올 것만 같은 착각마저 들었다. 집으로 돌아가는 의준의 발걸음이 어느 때보다 가벼웠다.

어느덧 집이 코앞이었다. 어디선가 황홀한 꽃향기가 풍겨왔다. 솟을대문 옆으로 매화가 흐드러지게 피어 있었다. 집을 나설 때는 보지 못했던 꽃이 거짓말처럼 그곳에 피어 있었다. 의준은 자신도 모르게 중얼거렸다.

"기적, 그래 이것도 기적이 아닐까?"

메마른 가지에 촉촉한 꽃망울을 터뜨리는 것. 사시사철 한결같은 송죽의 절개도 훌륭하지만, 철마다 거짓말처럼 무언가를 꺼내 보여주는 산천의 꽃나무들 또한 귀한 것이 아닐까. 의준은 이미 봄의 문턱에 서 있는 듯했다.

여느 때처럼 의준은 뒤뜰로 향했다. 협문을 들어서던 의준의 발걸음이 다시 한번 멈췄다. 동시에 그의 눈이 몹시 커졌다. 그곳에 또 하나의 기적이 의준을 기다리고 있었다. 누이동생 의영이 기거하는 별당에 불이 환하게 켜져 있었다. 별당 장지문에 드리워진 그림자는 분명 누이동생이 맞았다. 의영은 다소곳이 앉아 서책을 읽고 있었다. 빛은 오래된 어둠을 기어이 뚫고 나왔다. 그것은 단순한 불빛이 아닌 희망의 빛줄기였다.

*

 이른 아침부터 영인은 분주했다. 평소보다 일찍 은한당에 나와 손님을 맞이할 준비를 하고 있었다. 영인은 은한당의 창문을 시원하게 열어젖히고 구석구석 먼지를 떨어냈다. 새로 들여온 물건들도 잔뜩 꺼내놓았다. 이렇게도 놓아보았다가 저렇게도 놓아보기를 반복했다. 손길이 가는 대로, 마음이 가는 대로 할 수 있다는 것. 그런 일상의 사소한 기쁨이 영인에게는 결코 사소하지 않았다.

 이번에는 면포를 꺼내 물건들을 열심히 닦기 시작했다. 빛을 잃었던 것들도 금세 광이 났다. 그중 가장 빛나는 것은 영인의 얼굴이었다. 영인은 흐뭇한 얼굴로 창밖을 내다보았다. 오늘 특별한 누군가가 은한당에 방문할 예정이었으므로 만면에 차오르는 기쁨을 감출 수 없었다.

 며칠 전, 연이로부터 한 통의 서신을 받았다. 연이는 제천으로 내려가는 길에 스스로 머리를 올렸다고 했다. 그녀는 치악산 자락에 머물고 있는데, 그곳은 한양과는 비할 수 없을 만큼 물도 맑고 공기도 좋다고 했다. 다만, 그곳에서 지나치게 탈속적인 생활을 하다보니 시끌벅적한 한양의 풍경이 너무나 그립노라고. 이제는 자신이 위장 과부인지 위장 비구니인지 모르겠다는 연이답지 않은 농담도 적혀 있었다.

그리고 서신 말미에는 정녕 믿기 어려운 말이 덧붙여 있었다. 그곳은 한양보다 훨씬 적은 사람들이 살고 있지만 한양보다 더 많은 사람들이 천주님을 믿고 있다고 했다. 영인은 연이가 들려줄 또다른 세상이 몹시 궁금했다.

영인은 다시 자리로 돌아와 은비녀 하나를 면포로 반질반질하게 닦기 시작했다. 연이에게 선물할 비녀였다. 아무도 가지 않은 길을 걷는다는 것은 굉장히 설레면서도 금세 외로워지는 일이었다. 그 길을 누군가 함께 걸어준다는 것은 실로 엄청난 위로였다. 무엇이라도 내어주고 싶은 마음이랄까. 영인의 손이 다시 분주해졌다.

"여기는 어찌 이리도 빛이 난답니까? 눈이 다 부시네."

그리웠던 연이의 목소리였다. 영인이 고개를 들자 고운 쓰개치마를 두른 연이가 문 앞에 서 있었다. 연이는 보란 듯이 쓰개치마를 쏙 내렸다. 연이의 머리카락이 단정하게 올라가 있었다.

"연이야!"

영인은 한달음에 달려가 연이를 와락 끌어안았다. 갑자기 눈물이 핑 돌았다. 자신이 머리를 올리고 나타났을 때 인화도 이런 기분이었을까. 머리를 올린 연이를 보니 그 얼굴이 너무 앳돼서 가슴이 시큰했다. 영인은 왈칵 울음을 쏟아냈다. 연이가 그런 영인을 어른스럽게 토닥였다.

짤랑짤랑.

요란하게 풍경소리가 들려왔다. 놀란 영인이 고개를 들자 처음 보는 여인네들이 삼삼오오 은한당 안으로 들어왔다. 차림새가 화려하기 그지없었다. 홍상녹의가 얌전해 보일 정도였다. 치맛자락에는 큼지막한 꽃과 나비가 수놓아져 있었고, 저고리에도 삼작노리개가 달려 있었다.

"어머, 듣던 대로 한양은 끝내주는 곳이구먼. 심청이

가 심 봉사랑 나누던 눈물의 상봉도 공짜로 보여주구."

의아한 눈으로 그들을 바라보는 영인에게 연이가 귓속말로 속삭였다.

"나 따라서 한양살이 하러 온 언니들이야. 모두 사별한 허가의 아내들이지!"

영인은 연이를 보았을 때보다 눈을 더 크게 떴다. 실은 조금 겁이 나기도 했다. 영인은 연이가 제천으로 내려간 뒤 이렇다 할 소식이 없어서 한동안 노심초사했었다. 혹여나 연이가 자신의 선택을 후회하지는 않을까, 자신을 원망하지는 않을까 마음을 졸였다. 영인은 이제야 숨통이 트이는 기분이었다. 허가의 아내들이 입을 모아 말했다.

"말은 제주로, 사람은 한양으로, 위장 과부는 은한당으로 가라고 하던디, 맞나유?"

연이가 남쪽에서 살랑이는 봄바람을 몰고 왔다.

그후로 은한당은 위장 과부들의 은신처이자 사랑방이 되었다. 그들은 영인이 혼자서 하던 일을 팔 걷고 나서서 돕기 시작했다. 외출이 자유롭지 못한 문중 규수들을 위해 은한당의 물건을 싸매고 직접 팔러 다녔다. 장사 수완도 좋았다. 특별히 엄선한 세책방의 신간도 없어서 팔기 시작했다. 동에 번쩍 서에 번쩍하는 그들의 놀라운 적극성과 적응력에 영인이 혀를 내두를 정도였다.

"지가 어디서 들었는데유, 우리 민족이 원래 배달(配達)의 민족이래유."

"점혜야, 배달(倍達)이 그 배달(配達)이 아니래."

"아, 역시 지는 한자랑 안 맞아유."

배오개에는 또다른 활력이 생겨나기 시작했다.

*

춘삼월 아지랑이가 멋대로 춤을 추었다. 봄의 변덕을 이길 자가 없었다. 산천에 봄기운이 자자하니 그새를 못 참고 냉랭한 바람이 불어왔다. 땅속에서도 뒤틀린 기운이 스멀스멀 올라왔다. 때늦은 꽃샘추위였다.

"항간에 떠도는 이상한 소문을 들으셨습니까? 투서 말입니다."

"투서라니?"

사헌부 집무실에서 상소문을 작성하던 의준에게 참하관 김현종이 수상한 이야기를 입에 올렸다.

"선대왕 때부터 서학을 배우는 자들이 나날이 늘어……"

"서학? 자초지종을 말해보게나."

서학이라는 말에 의준은 자신도 모르게 입술을 깨물었다. 그는 의준에게 가까이 다가와 한층 낮은 목소리로 속삭였다.

"그 족속들이 제사를 거부한다는 것은 알고 계시지요? 청석골 어느 과부의 집에 천주쟁이들이 모여서 매일 밤 조상들의 위패를 불태웠다고 합니다."

"그게 무슨 해괴망측한 소리인가?"

"뒷마당에 항아리를 묻어 남의 집 신줏단지를 훔쳐 모았다지요. 그 집에서 조선 팔도 어디에서도 맡아본 적이 없는 아주 고약한 냄새가 진동했답니다. 망령이 제대로 든 게지요."

"가당치도 않네. 어찌 남의 조상의 위패를 멋대로 태운단 말인가."

"믿기 어려우시면 내일 청석골로 구경이나 가보시지

요. 금군이 쳐들어가 모조리 잡아들일 겁니다."

말이 끝나기가 무섭게 의준의 얼굴이 굳어졌다. 애써 놀란 기색을 감춰보려고 했지만 분명 그 집은 의준도 잘 아는 집이었다.

그가 집무실을 나가자마자 의준은 황급히 채비를 꾸렸다. 더는 지체할 수 없었다. 소문은 늘 사람을 쉽게 죽였다. 옷을 여미는 의준의 손길이 자꾸 어긋났다. 호롱불마저 어둠 속으로 영원히 파묻힐 것처럼 위태롭게 흔들렸다. 명도회에서의 추억도 함께 일렁였다.

날카롭게 휜 달이 불길하게 길을 비췄다. 의준은 괴괴한 어둠을 뚫고 영인의 집에 도착했다.

"이보시게. 안에 계시오?"

"뉘신지요?"

"나는 최가 의준이라 하오. 긴히 할말이 있어 찾아왔소."

"제가 아무리 혼자 사는 과부라 할지라도 야심한 시각입니다. 결례를 범하지 마시고 내일 다시……"

영인의 말이 채 끝나기도 전에 의준이 벌컥 문을 열고 들어갔다. 서책을 읽고 있던 영인이 놀란 눈으로 의준을 올려다보았다. 순간 불길한 어둠이 그녀의 눈동자에 서렸다. 영인은 곧장 자리에서 일어나 예를 갖췄다. 그러나 의준에게는 예의도, 에둘러 말할 여유도 없었다.

"난 그대가 수라간 궁녀, 문영인이라는 걸 알고 있소. 어의녀 백인화가 자네를 궐 밖으로 나오게 해줬지. 애초에 지아비 따위는 없었다는 것도."

영인의 눈이 다시 한번 휘둥그레졌다. 그러나 이내 차분한 목소리로 대답했다.

"나리, 무슨 말씀을 하고 싶으신지요?"

"나는 사헌부 감찰이오. 동이 트자마자 이곳에 금군들이 들이닥칠 것이오. 자네뿐만 아니라 명도회에 피바람이 불 테고. 그러니 지금 당장 도망쳐야 하오."

의준의 목소리가 심하게 떨렸다. 말이 끝나기가 무섭게 영인은 그대로 주저앉고 말았다. 그녀가 눈을 질끈 감자 하얀 두 뺨 위로 뜨거운 눈물이 흘러내렸다. 감긴 그녀의 눈꺼풀이 파르르 떨렸다. 의준은 타이르듯 말했다.

"그대가 꿈꾸는 좋은 세상은 아직 멀었소."

영인은 숨을 깊게 한 번 내쉬고는 천천히 눈을 떴다. 그러고는 말없이 의준을 올려다보았다. 의준의 애처로운 목소리가 방안에 울렸다.

 "지금 당장 마포나루로 가시오. 내가 사람을 보낼 테니 가능한 한 한양에서 멀리 떠나시오!"

 영인은 잠시 말을 고르는 듯하더니 떨리는 목소리로 대답했다.

 "나리, 명도회에 피바람이 분다면 저 하나 도망쳐서 무엇 하겠습니까? 제가 목숨을 부지해서 무엇 하겠습니까?"

 의준은 고개를 세차게 저었다. 뭔가 단단히 잘못되었다. 이번에는 그녀가 완벽하게 틀렸다.

 "목숨보다 중요한 게 뭐가 있단 말이오!"

 영인의 두 눈에서 하염없이 눈물이 흘러내렸다. 그러나 이내 소맷자락으로 눈물을 훔쳤다. 그녀는 떨리는 목소리로 최대한 힘주어 말했다.

 "나리, 그 또한 제가 선택한 삶이옵니다. 조선 여인네들이 스스로 선택할 수 있는 건 없었지요. 그저 주어진 대로 순응하며 살아가야 했지요. 나리, 저는 제가 선택한 것에 일말의 후회도 없습니다. 궐에서 나온 것도, 과부 행세를 한 것도, 명도회에 들어간 것도요."

"어찌 이리도 무모하단 말인가!"

그랬다. 조선 땅에서 선택은 오롯이 남정네들의 것이었다. 의준도 온몸에 힘이 풀려 무너지듯 풀썩 주저앉았다. 영인의 말 하나하나가 의준을 아프게 후벼팠다. 무어라 덧붙일 말이 없었다. 그저 모든 것이 원망스러울 뿐이었다. 듣고 싶은 대답을 해주지 않는 그녀의 입술이, 한 치의 물러섬도 없는 그녀의 목소리가, 목숨을 구걸하지 않는 그녀의 신념이.

"나리, 지조와 절개를 사대부만 지키는 것은 아닙니다. 어찌 저만 도망칠 수 있겠습니까. 괘념치 마시고 그만 돌아가십시오."

그렇게 모든 것은 끝이 났다. 의준은 영인의 마음을 되돌릴 방법을 알지 못했다. 절규에 가까운 말로 그녀의 마음을 돌려보려고 했지만 끝끝내 허망하게 돌아서야만 했다.

*

 동이 트자마자 영인의 집에 금군이 들이닥쳤다. 이상하리만큼 많은 인원이었다. 그들은 영인의 집을 샅샅이 뒤졌다. 하지만 어느 가문의 신줏단지 하나 발견하지 못했다. 원래부터 없었던 일이었으므로 당연한 결과였다. 하지만 애초에 분노는 신줏단지 같은 것에 있지 않았다.
 "죄인 문영인은 사람들에게 군주보다 천주가 높다 하고 다녔느냐?"
 "……"
 "감히 처녀의 몸으로 과부 행세를 하고 다녔느냐?"
 "……"
 "왜 대답이 없는 게냐! 죄인 문영인은 묻는 말에 소상히 답하라!"
 "침묵도 대답이옵니다."
 "뭐라? 네 죄를 네가 알렸다! 너는 순진한 여인들에게 접근해 거짓으로 머리를 올리게 했다!"
 "그 여인들이 왜 스스로 머리를 올렸는지 아십니까?

세상의 질서가 그릇되었기 때문입니다!"

"강상(綱常)의 질서를 기만한 자, 국법으로 엄히 다스릴 것이다!"

"백 년, 이백 년이 지나면 이 땅에 저와 같은 이들이 넘쳐날 것입니다. 그때는 죗값을 물을 수 없겠지요."

"저, 저, 새파란 년이 죽고 싶어 안달이 났구나! 뭣들 하느냐! 저년의 소원대로 저년의 몸을 단단히 결박해라! 당장 주리를 틀어라!"

"악!"

이슥한 밤이었다. 얼마의 시간이 흘렀는지 전혀 가늠이 되지 않았다. 이곳에서 시간은 한없이 더디게 흘렀다. 옥사에 갇힌 영인이 겨우 눈을 떴을 때 세상은 잔뜩 기울어 있었다. 영인은 바닥에 모로 쓰러져 겨우 숨을 내쉬었다. 영인의 가녀린 발목에 무거운 족쇄가 채워져 있었다. 어둠 속에서 혼미했던 감각들이 조금씩 돌아오고 있었다. 피비린내와 썩은 지푸라기 냄새가 났다. 지독하게 그리웠던 세상의 냄새였다.

투두둑 툭툭.

창틈으로 미약하게나마 빗소리가 들려왔다. 찢어진

입술을 달싹여보았지만 잔뜩 부은 목구멍으로는 그 어떤 소리도 나오지 않았다. 떨어지는 빗소리에 영인은 세상과 자신을 이어주던 어떤 끈들이 하나둘 끊어지는 것만 같았다. 말라비틀어진 눈물자국도 서럽게 아팠다.

처음 사흘은 그래도 버틸 만했다. 추국장에서 호기롭게 내뱉었던 말들이 귓가에 어지럽게 맴돌았다. 그러나 이제 영인에게 온전한 것은 하나도 없었다. 갈라비틀어진 입술에 덕지덕지 붙은 피딱지 사이로 자신이 무슨 말을 했는지 기억이 잘 나지 않았다. 묻는 말에 그저 고개만 끄덕일 뿐이었다. 그 어떤 죄도 저지르지 않았지만 고개가 저절로 떨구어졌다.

봄인데도 한기가 몰려왔다. 온몸이 덜덜 떨렸다. 있는 힘을 다해 몸을 옹송그렸다. 빗소리에 맞춰 어떤 장면들이 그림처럼 나타났다가 사라지기를 반복했다. 언제나 반짝였던 은한당, 시끌벅적했던 배오개, 마음이 차올랐던 명도회, 한밤중에 찾아왔던 감찰 나리까지. 그리움이 밀려나면 또다른 그리움이 차올랐다. 궐 밖에서 만났던 모든 것들은 눈부셨다. 그래서 눈이 시렸다.

다 쏟아낸 줄 알았던 눈물이 다시금 고이기 시작했다.

그리고 영인이 다시 눈을 떴을 때 창살문 너머에 누군가가 서 있었다. 인화였다. 바다처럼 짙푸른 쓰개치마를 두른 인화는 소리도 제대로 내지 못하고 흐느끼고 있었다. 영인이 힘겹게 눈을 맞추자 인화가 털썩 주저앉았다.

"영인아! 이럴 줄 알았으면 너를 궐 밖으로 내보내지 않았다. 너는 어렸을 때부터 참 영특했어. 그런 네가 늘 염려되면서도 부러웠단다. 그런데 왜 여기에 있어. 왜 이러고 있어. 이것아, 내 동생아! 얼마나 무서웠을꼬."

인화가 창살문을 움켜쥐고 연신 도리질을 쳤다. 영인은 언니를 가까이에서 보기 위해 사력을 다해 천천히 바닥을 기었다. 두 사람 사이를 창살이 아프게 가로막고 있었다.

"언니, 언니……"

"조금만 버텨다오. 내가 무슨 수를 써서라도……"

퉁퉁 부은 영인의 얼굴이 가까워지자 인화가 창살문 틈새로 손을 뻗었다. 고작 두 뼘 거리였다. 두 사람의 흐느낌에 옥에 갇혀 있던 다른 여인들도 함께 소리내어 울기 시작했다. 옥사가 금방 소란스러워졌다. 그 소리에 놀란 옥졸 하나가 달려들어왔다. 그는 인상을 잔뜩 찌푸리더니 인화를 끌어내려 우악스럽게 잡아당겼다. 인화가 완강히 거부하자 욕지거리와 함께 인화의 뺨을 내리쳤다.

"악!"

인화의 외마디 비명이 옥사에 울려퍼졌다. 영인이 눈을 치뜨며 온 힘을 다해 소리쳤다.

"그 손 치워!"

"영인아! 괜찮다! 나는 괜찮아!"

"언니, 생각났어. 내가 꿈꾸던 세상이 어떤 모습이었는지. 밤마다 무엇을 기도했는지 말이야."

"아니다, 영인아! 그런 세상이 온다 해도 네가 없으면 난 싫다! 네가 없으면 그딴 세상이 다 무에냐!"

벌게진 뺨을 부여잡고 인화가 오열하자 밖에서 더 많은 옥졸들이 몰려왔다. 그중 험상궂게 생긴 옥졸 하나가 맨 앞으로 나왔다. 다른 이들보다 덩치가 배로 컸다. 그는 비열하게 웃으며 옥사의 문을 열어젖혔다. 오물이 섞인 물 한 바가지를 영인의 얼굴에 흩뿌리며 말했다.

"열 냥에 선심 써서 넣어줬더니 꼴값하고 있네. 뭣들해? 당장 저년부터 밖으로 끌어내!"

시커먼 사내들이 인화의 입을 마구잡이로 틀어막았다. 부서질 것 같은 인화가 개처럼 끌려나갔다. 짓밟힌 인화의 쓰개치마만 바닥에 덩그러니 놓여 있었다. 온몸이 축축했다. 영인은 비릿한 웃음을 지으며 말했다.

"꼴랑 열 냥에 국법도, 양심도 팔아넘기는 주제에. 네놈의 분노는 어찌 약한 자에게만 향하느냐!"

영인의 말이 끝나자마자 우락부락한 옥졸 놈이 영인에게 달려들었다. 머리채부터 잡았다. 영인의 몸이 이리저리 아무렇게나 부딪혔다. 쇳소리 가득한 비명을 내지르던 영인이 까무룩 정신을 잃었다. 빗소리마저 뚝 끊긴 밤, 달도 차마 고개를 들지 못했다.

*

예상대로 세상은 발칵 뒤집혔다. 서학이 사학(邪學)

으로 불리게 된 것은 삽시간이었다. 간악하고 사악한 죄로 엄히 다스려졌다. 하지만 그녀가 천주를 믿었다는 것보다 세상을 분노케 했던 건, 한낱 여인이 스스로 과부라 칭하며 세상의 질서에 편입되지 않았다는 것이었다. 괘씸한 그녀들을 향한 끝이 나지 않을 추국이 계속되었다.

도성 안팎에 어지러운 말들이 매일같이 쏟아졌다. 영인이 주뢰형을 이기지 못하고 배교를 하겠노라 약조했다고 말하는 자도 있었고, 천번 만번 죽어도 천주를 향한 마음만은 버릴 수 없다며 하늘에 굳게 맹세했다고 말하는 이도 있었다. 또 누군가는 악귀에 씌어서 그녀의 다리 사이로 검은 피가 흘렀다고 했고, 누군가는 동정녀라서 다리 사이로 새하얀 피가 흘렀다고도 했다. 세상은 내키는 대로 지껄였다. 그러나 재판의 결과는 아무것도 달라지지 않았다.

둥둥둥.

고수의 북소리가 들려왔다. 서소문 밖으로 구경꾼들이 모여들었다. 멀리서 새하얀 소복 차림의 여인들이 줄지어 걸어나왔다. 머리를 풀어헤치고 손발은 포승줄에 묶인 채로. 영인도 그 안에 있었다. 그녀의 고운 얼굴은 하룻밤 꿈처럼 온데간데없었다. 여기저기에서 울음소리와 웃음소리가 뒤섞였다. 혼탁한 세상다웠다. 구름떼 같은 사람들 사이로 의준이 무력하게 서 있었다.

'비비안나!'

의준은 끝내 그녀의 이름 넉 자를 입 밖으로 내뱉지 못했다. 목구멍까지 올라온 그 이름을 삼키고 또 삼켰다. 의준은 애써 두 눈을 감았다. 의준의 세상이 완전히 점멸했다.

"비비안나! 저예유! 여기 좀 보셔유!"

누군가의 절규가 저잣거리에 울려퍼졌다. 의준이 눈을 떠 뒤를 돌아보았다. 천덕이었다. 그는 어미를 여읜 새끼 짐승처럼 울부짖고 있었다. 시뻘건 눈시울에 핏대를 세우며 그녀들의 이름을 한 명씩 외쳐댔다. 그의 목소리에 걸어가던 명도회 여인들이 일제히 고개를 돌렸다. 그녀들은 그저 세상을 향해 희미하게 웃었다.

그날 밤, 서소문 밖에 영인을 비롯해 익환의 처, 정선마님, 연이 아씨로 불렸던 여인네들의 진짜 이름이 내걸렸다. 참수된 그녀들의 머리도 함께였다. 풀벌레

소리가 유난히 요란한 여름밤이었다. 그리고 그들 아래에 검은 그림자 하나가 서 있었다.

의준이었다. 의준은 어둠 속에서 한참 동안 그녀들을 올려다보았다. 그녀들의 얼굴이 백기(白旗)처럼 창백했다. 하지만 어둠조차 그 순백의 얼굴을 삼키지는 못했다. 그녀들이 세상에 마지막으로 내보였던 웃음을 의준이 지어 보였다. 그러고는 품안에서 낭도를 꺼냈다. 손끝으로 까끌까끌한 글씨를 매만져보았다.

三人成虎

없는 호랑이도 거짓으로 만들어내는 세상에서 좋은 세상이란 아스라이 먼 꿈에 불과했다. 꿈은 꿈을 꾸는 동안에만 좋았다. 그 아련한 기억에 의준의 두 뺨 위로 눈물이 흘러내렸다. 눈이 시리도록 차가웠다. 의준은 떨리는 손으로 낭도를 빼내어 높이 치켜들었다. 어둠 속에서 은빛 조각이 반짝였다. 낭도의 칼날 끝이 의준을 향해 있었다. 그때였다. 의준의 눈앞으로 새하얀 종이가 나비처럼 팔랑팔랑 휘날리며 떨어졌다.

자신을 해하는 용도로 사용하지 마십시오. 당신은
존귀합니다.

영인의 필체였다. 은장도마다 몰래 넣어둔 좋은 세
상을 향한 그녀의 마음이었다. 의준은 종이를 쥐고 맥
없이 주저앉았다. 영인의 글씨를 몇 번이고 매만졌다.
이번에는 의준이 아이처럼 소리내어 울었다.
"비비안나! 비비안나! 비비안나!"
의준은 비로소 그녀의 이름을 불러보았다. 텅 빈 어
둠만이 의준의 울부짖음을 들어주었다.
한참 뒤 의준은 고개를 들어 그녀들을 올려다보았
다. 그녀들의 머리 위로 잔별들이 밤하늘을 수놓고 있
었다. 어리석은 조선은 그녀들을 산산이 부숴버렸지만
그녀들은 저 밤하늘의 별들처럼 영영 빛을 잃지 않을
것이다. 언젠가 저 별들을 올려다보는 이들이 그녀들
의 애석한 죽음을, 더 나은 세상을 먼저 꿈꿨던 자들의
아까운 목숨을 기억하리라.
은한당의 주인, 비비안나는 그렇게 은하수가 되었

다. 의준은 눈빛을 단정히 했다. 저 무거운 밤하늘을 어떻게 떠받쳐야 할지 의준에게 남겨진 일들이 아주 많았으므로.

작가의 말

 어느 가을이었습니다. 친구가 쓴 학위논문에서 처음 그녀들의 이름을 보았습니다. 문영인, 김연이, 윤점혜, 정순매. 조선에서 여인으로 태어났으나 여인들이 걸어야 했던 길을 거부한 이들을. 아비가 지어준 이름이 아닌 비비안나, 유리안나, 아가다, 발바라 같은 생경한 이름으로 불리길 원했던 여인들을요. 조선의 거창한 명분과 거대한 질서에 맞서는 미약하고 가냘픈 여인들이 제 마음을 두드렸습니다.

 가을이 되면 종종 그녀들이 생각났습니다. 끝끝내

영글지 못한 그녀들의 설익은 꿈 때문이었을까요. 안온한 햇살과 청명한 하늘, 무엇이든지 무르익어가는 계절에 자꾸만 그녀들이 아른거렸습니다. 언젠가 그녀들의 이야기에 다정한 응원을 덧붙이고, 선명한 울림을 덧대고 싶었습니다. 가능한 한 슬픔이 없는 이야기로요.

많은 시간을 노트북 앞에서 보냈습니다. 푸릇푸릇한 봄과 울창한 여름을 지나 완연한 가을이 올 때까지요. 미흡한 문장과 미진한 속도에 스스로에게 번번이 실망했지만 그녀들의 이야기를 꼭 세상에 내어놓고 싶었습니다. 아주 오래전 그녀들의 이야기가 낡지 않았음을 증명하고 싶었으니까요.

이 글을 쓰는 동안 참 많은 사람들의 얼굴을 떠올렸습니다. 이 이야기의 시작이자, 저에게 그녀들을 소개해준 「신유박해 당시 위장 과부의 존재와 그 사회적 의미」라는 근사한 여성사 논문을 써준 친구 민예를 비롯해, 많은 사람들이 그동안 저의 세상을 넓혀주고 또 밝혀주었습니다. 저마다의 이유로 지금 제 곁에 있기도 하고, 없기도 한 지난날의 크고 작은 모든 인연에 감사함을 전합니다. 이따금씩 그리워지는 순간들이 있어 뒤늦게 글을 쓰기 시작했답니다.

끝으로 아직 피어보지 못한 이들에게 '히든'이라는 엄청난 찬사를 보내주신 경기콘텐츠진흥원과 지난했던 이 여정을 함께해주신 고은규 작가님, 그리고 출판사 교유당에도 감사의 말씀을 전합니다. '히든'이라는 응원에 힘입어 '힘든' 글쓰기의 길을 묵묵히 걸어 나가겠습니다.

더이상 활자가 매력적이지 않은 시대임을 압니다. 그럼에도 불구하고 시간을 내어 글을 읽어주시는 귀한 분들이 계시기에 오늘도 외롭지 않게 글을 씁니다. 존재해주셔서 감사합니다.

어느 가을
이보리

비비안나

초판 1쇄 인쇄 2025년 11월 7일
초판 1쇄 발행 2025년 11월 17일

지은이 이보리

편집 박민애 이원주 정소리 | 마케팅 김다정 박재원
브랜딩 함유지 김은솔 박민재 이송이 박다솔 조다현 김하연 이준희 복다은
제작 강신은 김동욱 이순호 | 제작처 한영문화사

펴낸곳 (주)교유당 | 펴낸이 신정민
출판등록 2019년 5월 24일 제406-2019-000052호

주소 10881 경기도 파주시 회동길 210
문의전화 031.955.8891(마케팅) | 031.955.2680(편집) | 031.955.8855(팩스)
전자우편 gyoyudang@munhak.com

홈페이지 www.gyoyudang.com
인스타그램 @thinkgoods | 트위터 @think_paper | 페이스북 @thinkgoods

ISBN 979-11-24128-04-6 03810

- 싱긋은 (주)교유당의 교양 브랜드입니다.
  이 책의 판권은 지은이와 (주)교유당에 있습니다.
  이 책 내용의 전부 또는 일부를 재사용하려면 반드시 양측의 서면 동의를 받아야 합니다.

이 책은 경기히든작가 선정작으로 경기도와 경기콘텐츠진흥원의 지원을 받았습니다.